꿈꾸는 하와이

꿈꾸는 하와이

ゆめみるハワイ

요시모토 바나나
김난주 옮김

민음사

차례

부겐빌레아

친구가 사랑에 빠지더니 하와이에 살기 시작했을 때였다. 오래가면 좋을 텐데 좀 어렵겠지. 왠지 그런 생각이 들었다.

지나치게 격정적인 연애는 자주 만날 수 있게 되면 대개 애처롭게 끝나고 만다. 아마도 그녀가, 여정 중인 사람이었기에 시작되었을 연애.

게다가 그와 그녀는 힐로와 코나에 각각 떨어져 사니까, 오가기도 꽤 힘들 것 같았고.

그리고 얼마 지나지 않아 역시 그 사랑은 끝나고 말았다.

그에게는 원래 애인이 있었고, 그녀는 일과도 관련된 여자라 깨끗하게 헤어질 수 없었던 것이다. 그런데도 미련이 남아 만나러 오는 그를, 친구는 매정하게 대하면서 딱 매듭을 지었다.

친구는 매정하게 대하는 데다 이제는 같이 있어 봤자 별 재미 없다면서도 한편으로는 괴로워하는 것 같았다. 가까이 있다면 꼭 안아 주고 싶었다. 하지만 멀리 떨어져 있어 이메일을 읽으며 '그래 그래, 어쩔 수 없지 뭐.' 하고 그 마음을 다독여 줄 수밖에 없었다.

나중에 친구가 그 남자와 지내면서 찍은 사진을 보고는 가슴이 메었다.

끝나리란 것을 이미 알기에 한결 농축된, 고통스럽고 애달픈 순간순간들. 그 남자 방의 물건 하나하나가, 그 남자네에서 기르던 귀여운 강아지가 그녀를 올려다보는 눈길이, 이제 곧 안녕이네, 슬프네, 하고 말하는 것 같았다.

재깍재깍 흐르는 시간이 그들의 사랑을 갉아먹어 들

어가는 과정이 전부 찍혀 있었다.

사랑이 살아 있는 것인 한, 언젠가는 반드시 끝날 때가 온다.

끝난 뒤에 무언가가 남는 일도 있지만, 안타깝게도 그 두 사람에게는 거의 아무런 접점이 없었다. 애당초 너무 달라 서로에게 끌렸던 것이리라.

그런 건 다 잘 알지만, 모르겠어! 그런 건 모른다고! 이렇게 애틋한데, 지금밖에는 같이할 수 없으니까 모든 걸 다 봐 둘 거야. 사진은 그렇게 말하고 있었다.

그 후, 그녀는 힐로에서 친구도 많이 생겼고 모두에게 사랑받으며, 길에만 나서면 누군가와 마주쳐 방긋 인사하는 생활을 했다.

참 잘됐네, 나는 생각했다.

그 당시, 하와이에 가게 되면 힐로에 살 거라던 그녀에게 나는 몇 번이나 "왜?" 하고 물었다.

"그 사람 때문에 하와이까지 가는데, 왜 코나에서 안 살아?"

그녀는 사랑도 사랑이지만 공부도 더 하고 싶고, 그러

기 위한 학교는 힐로에만 있으니까 괜찮다, 하고 굳은 결심을 얘기했다.

착실하기는 해도 참 바보네. 그때 나는 그렇게 생각했다.

하지만 내 생각이 틀렸다. 힐로가 그녀를 불렀던 것이다.

힐로의 부드러운 비, 비에 젖어 빛나는 초록 나무들, 시간이 천천히 흐르는 그 적막한 거리가 그녀를 원했던 것이다.

언제였나, 하와이에 놀러 갔다가 그 친구의 차를 타고 둘이서 코나에 간 적이 있었다.

그때 나는 와이메아에 묵고 있었는데, 서늘하고 눅눅한 산에서 밝은 코나로 가는 것이 살짝 기뻤다.

코나가 가까워지자, 공기가 점점 섬나라의 해변 같아졌다.

햇살이 갑자기 강렬해지면서 꽃과 나무들의 색은 선명해지고, 땅은 퍼석퍼석 건조해지고, 하늘은 짙푸르러졌다.

바다를 향해 구불구불 내려가는 긴 언덕길 양옆에는

부겐빌레아가 알록달록 생명의 찬란함을 뽐내고 있었다.

"그 사람이랑 같이 날마다 이 길을 지나 바다로 갔어. 얼마나 멋졌나 몰라. 좀 힘든 일이 있었는데, 그러다 갑자기 그 사람이랑 같이 지내게 되어서 꿈만 같았지. 행복하고, 이 길이 너무 예뻐서 천국에 있는 느낌이었어."

그녀는 말했다.

이렇게 빛과 꽃이 넘실거리는 아름다운 길을 따라 연애하는 마음으로 바다를 향해 내려가다니, 그런 경험을 했다면 나는 아마 한 걸음도 내딛지 못할지 모른다.

그렇게 생각했지만, 지금 옆에서 운전하는 그녀의 웃는 얼굴이 아름다워서, 역시 그녀가 새 걸음을 걸어 주어 정말 다행이라고 생각했다.

어둠 속에서 한없이 추억과 지냈다면? 그 사람과 그의 여자 사이에서 내내 괴로워만 했다면?

이 아름다운 길은 고통과 슬픔의 길이었으리라. 헤어지길 잘한 거다.

그렇다 해도 가장 아름다웠던 추억은 절대 지워지지 않는다.

첫 하와이

"하와이에 가 보고 싶네. 그 유명한 호텔, 배와 전차가 다닌다는 그 호텔에 묵고 싶어."

6년 전, 어머니와 언니가 그런 소리를 하는 바람에 일정이 몹시 빡빡했지만, 짬을 내서 하와이에 갔다.

그 후로 몇 번이나 또 갔고, 훌라도 배우고, 하와이에 관한 소설을 두 권이나 썼다. 그런데 가족과 지금 남편과 전 남자 친구와 친숙한 스태프 등과 함께였던 첫 하와이 여행 때는 참 사건 사고가 많았다.

어머니는 몹시 예민한 사람이라, 여행을 떠나면 꼭 어

디가 아프다 가렵다 춥다 덥다 불평이 많은 데다 천식이 재발하는 등 힘들어하는 통에 상당한 에너지가 소모된다.

얼마 전에도 같이 군마 현에 갔는데, 현지에서 신세를 지게 된 아주머니가 "남자분이니까 차를 먼저 드릴게요." 하면서 남자 스태프에게 차를 먼저 주자, 어머니가 "나는 그런 게 정말 싫다고요." 하고 딱 잘라 말해 식은땀을 흘렸다.

그렇게 여러 모로 까다로운 사람이지만, 가족이 아닌 사람이 "정말 힘든 분이네요." "말이 지나치십니다." 하고 말하면, 정말 그렇다고 맞장구를 칠 수 없다.

농담처럼 맞장구를 쳐 줄 수야 있겠지만, 그러지는 못한다. 가슴속에 조그맣게 빛나는 부분이 있고, 천진난만하게 웃는 어머니의 얼굴이 떠오르면 그곳이 싸하게 아파온다.

그래서 "여러 가지로 문제가 좀 있지만, 내게는 하나뿐인 어머니예요. 속 다르고 겉 다른 분이 아니라 나는 존경하고 있으니까, 내 앞에서는 그렇게 말하지 마세요." 하고 정색해서 말하게 된다. 분위기는 썰렁해지고, 평소에 어머니에 대해 늘 투덜거리는 내가 하는 말이라 전혀 설

득력도 없다. 하지만 그렇게 말하지 않을 수 없다.

그런 말을 할 수 있게 되기까지 상당한 시간이 걸렸지만, 그렇게 돼서 정말 다행이라 생각한다.

그렇게 가고 싶다던 하와이에 왔는데, 밤이 되면 어머니와 언니는 얼음을 가져와 밤늦게까지 방에서 술을 찔끔거리며 수다를 떨었다.

그럴 거면 왜 오자고 했어, 도쿄에 있는 거랑 별 차이가 없잖아.

그렇게 말하고 싶었지만, 역시 차이가 없지는 않았다.

창밖에는 바다가 있고, 파도 소리가 들려온다. 돌고래 풀이 바로 옆에 있어 돌고래들의 속삭임도 들려왔고, 시원하고 행복한 바람도 늘 불었다.

훌라를 6년이나 배운 지금은 그 바람을 몸으로 표현할 수 있다.

훌라는 수화 같은 것이다. 머리 위에다 빙글 동그라미를 그리면서 다른 팔을 쭉 뻗는 것이 '바람' 즉 카마카니의 손동작이다. 곡에 따라, 또 거기에 등장하는 바람의 모습에 따라 표현 방식이 미묘하게 다른데, 그날의 밤바람은 정말 부드럽고 천국 같았다.

이 바람이야말로 하와이구나, 하고 나는 온몸으로 느꼈다.

몸이 둥실 떠 있는 듯한, 딱 맞는 온도의 물에 언제까지나 포근히 잠겨 있는 느낌.

아무리 상상해 봐야 실제로 가 보지 않고는 절대 경험할 수 없는, 눈을 감고 있어도 언제나 바람이 나를 감싸고 있는 그 느낌.

그렇게 멋진 풍광을 안고 있는 지구를, 자랑스럽게 생각한다.

아니나 다를까, 어머니는 킬라우에아에서는 천식이 재발했고, 비행기를 갈아타는 오아후에서는 공항 내에서 이동하는 긴 거리에 투덜거렸고, 양식은 맛없다고 일본 음식점에만 가자고 했다. 그러다 결국 본인도 주위 사람들도 너덜너덜하게 지쳐서 귀국했다.

하지만, 가길 잘했다고 생각한다.

여든이 넘어 대퇴골이 부러지는 바람에 이제 잘 걷지도 못하는 어머니가 이제 외국에 가는 일은 없을 것이다.

글로 써 버리면 너무 서글프니까, 속으로만 얼버무리고 있었다.

다시 건강해지면 또 갈 수 있을지도 모르지, 그때 가면 되지 뭐. 그렇게 많은 것들을 뒤로 미루고, 목숨도 아직은 한없이 있는 것처럼 느긋하게 생각하자고.

게다가 인생이란 어떻게 될지 알 수 없는 것, 정말 갈 수 있을지도 모르니까.

하지만, 역시 그때 가기를 잘했다.

내가 전에 사귀던 남자 친구와 지금 남편과 나란히 팔짱을 끼고 걸어가는 어머니의 웃는 얼굴은 행복해 보였다.

묵었던 방 바로 밑에 있던 바닷물을 끌어들인 개울, 그 속에서 몸은 아주 길쭉하고 얼굴은 이상하게 생긴 물고기를 찾느라 날마다 얼굴을 바짝 숙이고 관찰했던 일.

사이민이라는 정말 맛없는 국수를 먹고는 "야, 어머니가 아니라도 이건 정말 못 먹겠네." 하고 소식하는 어머니를 놀리면서 함께 웃었던 일.

내 엉터리 플루트와 전 남자 친구의 멋진 기타로 조그만 연주회를 열었던 일. 밝은 방 안에 흐르는 음악이 창 밖의 숲으로 퍼지자, 어머니가 감동해서 눈물을 찔끔 흘렸던 일.

그런 자잘한 추억이 수도 없이 반짝인다.

아, 정말 가기를 잘했다.

와이키키

'와이키키는 딱 질색.'이라고 생각했다.

호텔에 도착할 때까지, 뭐 하나라도 더 사게 할 수는 없을까 하고 온갖 것을 권하는 일본인 가이드. 물론 그 사람들도 먹고살아야 하니 무조건 마다할 수는 없다. 그래도 역시 넌더리가 났다.

호텔 로비에는 거들먹거리며 담배를 피워 대는 남자들.

쇼핑가에는 죽은 사람처럼 소파에 앉아 아내의 쇼핑이 끝나기를 한없이 기다리는 남편과 아이 들.

고층 건물인데도 위험 요소에 대해 아무런 배려가 없

는 좁고 낮은 난간의 발코니.

유흥업소와 실탄 사격장에서 나온 호객꾼들.

왜 밤인데도 이렇게 사람이 많을까, 왜 바다가 바로 옆에 있는데 쇼윈도에는 모피 코트가 즐비한 걸까.

경제 상황이 좋지 않은 것과 무슨 관계가 있는지도 모르겠지만, 최근에 또 오아후에 갔다가 사람들이 조금은 느긋하고 평화로워졌다는 인상을 받았다.

실탄 사격과 유흥업소, 쇼핑에 열을 올리는 사람도 여전한데, 왠지 사람들이 와이키키를 더 여유롭게 즐기는 것 같았다.

호텔과 비용이 싸다는 이유로 선택하게 되는 패키지 투어를 피해 와이키키의 콘도에 묵으면서 밥을 직접 지어 먹고, 쇼핑의 유혹에 빠지지 않기 위해 알라모아나를 되도록 피한 내 정신 상태와도 관계가 있을지 모르겠다.

전에 알라모아나에서 제한 시간을 두고 쇼핑 헌팅에 나섰던 나는 '겨우 15분밖에 안 남았어!' 하면서 허둥지둥 엘리베이터를 타고 오르락내리락했다. 옷더미 속에서, 눈에 핏발을 세우고 선물과 아이 옷을 골랐던 나는 고독

하고 무지했다고 생각한다.

이번에는 느긋하게 움직였다. 함께 여행하는 사람들 모두 같은 가게에 들어가 "이 옷이 어울리겠다." "저건 좀 그렇지?" 하고 의견을 나누면서 쇼핑을 하고, 내 볼일은 다 끝났다고 생각하면 "나는 그 카페에 가서 기다릴게." 하는 식으로. 초콜릿 음료 하나를 여럿이 같이 나눠 마시며 걷고, 치즈 버거가 맛있는 가게를 찾기 위해 사전 조사를 하기도 하고.

미국 음식 특유의 양과 질 나쁜 기름 때문에 건강이 상하지 않게, 채소와 과일을 넉넉하게 사고 콘도에서 파스타를 삶았다.

시간 여유가 생기면 좀 멀리까지 가기도 했다. 카일루아 해변에서 종일 파도와 놀면서 시골 마을의 한가로운 분위기를 만끽하다가 와이키키로 돌아왔다.

그렇게 지낸 탓인지, 오히려 문명이라는 것의 고마움에 크게 감동하고 말았다.

한밤중에도 아래로 내려가기만 하면, 'ABC'에서 시원한 맥주를 살 수 있다니!

콘도 현관에서 비치 타월을 빌려 5분이면 해변에 도

착, 돌아오는 길에는 젖어 무거운 타월을 현관에 돌려놓기만 하면 되다니!

전에는 어떻게 즐기면 좋은지, 그 방법을 몰랐던 것 같다.

그리고, 그렇기에 와이키키는 모든 사람의 꿈이라는 것을 알게 되었다.

저녁때가 되면, 모두의 얼굴이 살짝 로맨틱해진다.

태양이 바다로 떨어지면서, 사람들의 인상도 여유로워진다.

여기는 역시 천국, 그래서 '악함'까지도 여기 있고 싶어 하는구나……. 그런 생각이 들었다.

하와이 바다라면 꽉 잡고 있는 친구 가나와 33층에 있는 발코니에 기대어 아침 바다를 바라보았다.

"표면만 움직이고 있네. 옛날 사람들은 어쩌면 그렇게 잘 알았나 몰라. '파도 파(波)' 자에 '껍질 피(皮)' 자가 들어 있잖아."

가나가 말했다. 과연 높은 곳에서 바라보니, 주름이

겹쳐지듯 파도가 해변을 향해 한없이 밀려왔다. 서핑하기 좋은 곳도 높은 데서 보면 금방 알 수 있었다.

"저기는 여왕이 서핑을 한 곳이라서 퀸 포인트. 파도가 안정적으로 밀려오는 데다 길고 잘 부서지지 않기 때문에 상당히 안전하거든. 이 부근의 할아버지 서퍼들은 매일 아침 6시에 보드를 들고 바다에 나가서, 파도는 타지 않고 두런두런 얘기하고 기다리면서 하루를 시작해."

콩알만 하게 보이는 서퍼들이 바다를 향하고서 느긋하게 파도를 기다리고 있다. 아, 정말 좋은 곳이네, 겹겹이 투명하고 파란 바다를 바라보면서 다시 한 번 생각했다.

화는 나지만

만약 내가 아직 여덟 살짜리 외동아들에, 학교도 얼씨구나 빼먹고, 엄마 아빠와 함께 하와이에 왔는데 창문 아래로는 바다밖에 보이지 않는 와이키키의 멋진 콘도에 같이 여행 온 엄마 아빠 친구들과 일주일을 묵게 되었다면?

게다가 훌라 호이케(발표회)가 있고, 엄마 배 속에 있을 때부터 알고 지낸 엄마의 훌라 친구들과도 줄줄이 만나 밥을 먹게 되었다면?

정말 신이 나서 어떻게 될 정도일 것이다.

너무 조잘거려 자기가 무슨 말을 하고 있는지도 모를 만큼 재미있을 테고, 몸이 피곤한데도 아무튼 눈을 뜨고 있으려 애쓰고 싶어질 것이다.

그때 우리 꼬맹이가 딱 그런 식이었다.

자기도 자기가 말이 너무 많다는 것은 아는데, 멈출 수 없다는 느낌이었다.

게다가 어제는 가나가 어쩌다 묵기로 한 덕분에 바다에서 신나게 놀다가 지쳐 같이 잤는데, 아침이 되어 가나가 가 버리자 허전해졌고, 그러다 해변에 나가 또 좀 흥분한 그런 때였다.

꼬맹이는 흥이 나다 못해 친구 지호의 휴대 전화에 소금과 물을 부리고, 요코의 콘택트 렌즈를 케이스에서 꺼내 장난을 치다가 똑 깨뜨려, 엄마와 아빠, 지호와 요코에게도 눈물이 뚝뚝 흐르도록 혼이 났다. 닌텐도 DS 게임기도 빼앗겼다.

그날 아침 지호는 "오늘 밤에는 데이트가 있는데, 'ABC'에서 파는 싸구려 팩이나 할 때가 아니지. 어떻게든 좋은 팩을 구해야겠어." 하더니 'DFS'까지 먼 길을 걸어가서, 원주민들이 사용하는 팩을 몇 장 구해 왔다.

그래 그 마음 알지, 여자에게는 그런 노력이 중요하지, 하는 말로 그녀를 보냈던 나도 팩을 얻었다.

꼬맹이가 그런 장난을 하고 있을 때, 바다에서 돌아와 막 샤워를 하고 나온 여자들은 모두 가슴에 타월을 감고 얼굴에는 그 팩을 붙인 상태였다.

남편은, 화를 내야 한다고 생각하면서도 그 광경에 몇 번이나 웃음이 터져 나올 것 같았다고 나중에 말했다.

모두들 진짜 화가 났는데, 얼굴은 새하얗고 알몸에 타월 한 장 감은 모습으로 "우린 너를 정말 좋아해, 하지만 잘못한 건 잘못한 거니까 사과는 반드시 해야지!" 하고 팔짱을 끼고 우뚝 선 채로 심각하게 말했다.

그 일이 있기 바로 전, 나는 길거리에서 비닐 시트에 너덜너덜한 헝겊 인형을 잔뜩 늘어놓고 있는, 머리가 좀 이상한 할머니를 보았다.

화려한 와이키키에는 빛만이 아니라 다양한 어둠도 존재한다.

할머니는 인형 하나하나를 껴안고 볼을 비비고, 그러

고는 땅에 내던졌다가 다시 주워서 껴안으며 사과했다.

이 할머니는 어쩌다 이렇게 되었을까, 어떤 어린 시절을 보냈을까, 하고 나는 무척 슬퍼졌다. 아마 이 장면과 비슷한 어린 시절이었겠지, 하는 느낌이 들었다.

꼬맹이는 얼굴에 팩을 한 여자들에 에워싸여 혼이 나고는 엉엉 울면서 사과한 후 "사과하고 반성했으니까 이제 됐어. 다 같이 저녁 먹으러 가자." 그렇게 모두에게 용서받았다. 그러고 나서 손을 마주 잡고 엘리베이터를 타고 밤의 거리로 몰려 나가 초콜릿 음료를 마시고, '애플 스토어'에서 게임까지 하고 났더니 금방 싱글벙글 웃었다.

진심으로 화를 내 주는 사람이 있는 우리 꼬맹이는 행복하다고 생각했다. 자기감정 때문에 바닥에 내던지고는 다시 사과하고 볼을 비벼 대는, 그런 식으로 사랑하는 사람들이 아니라 꼬맹이의 앞날을 지켜봐 주는 사람들이 있다는 것.

앞으로 어른이 되어서도 꼬맹이는, 팩을 붙인 여자들을 보면 조금 무서워하고 슬퍼하면서도, 그러다 아빠처럼 나중에야 행복하게 웃으리라.

아이들이 미래에서 온 선물이라는 것을 아는 사람들과 걸었던 칼라카우아 거리는, 반짝반짝 빛나는 축제처럼 보였다.

보름달처럼

훌라를 배운 지가 한참인데, 조금도 늘지 않았다. 허리가 유연하지 못한 탓이 크지만, 리듬감도 없는 데다 툭하면 빠지는 정말 한심한 학생이었다.

하지만, 조금씩, 아주 조금씩, 달팽이처럼 앞으로 나아가고 있었다.

그 점을 쿰 훌라(훌라 교실에서 가장 위에 있는 큰 선생님. 춤만 잘 춰서는 될 수 없다. 하와이 문화에 정통하고, 정신적으로도 사람들을 이끌 수 있는 성숙한 인격자만이 될 수 있는 영적인 선생님이라는 칭호.)인 샌디 선생님과 나를 직접 가르치는 춤의 천재 푸니헬레 선생님이 알아주기 때문에, 그럭저럭 함께할 수 있었다. 적어도 할라우(훌라 교실)를 지킬 수 있는 사람이라도 될 수 있다면 좋겠다는 마음가짐을 유지하려 애쓰기도 했다.

그런 내게 쿰이 지어 준 하와이 이름은 카하나 알로하(사랑의 마법). 쿰은 사람 하나하나의 성격과 인생의 면모를 보고서 하와이 이름을 지어 준다. 그 이름은 그 사람의 본질을 나타낸다.

우리 쿰은 일본 사람이 완전히 잃어버린 자연과 영혼의 깊은 만남을 무엇보다 소중하게 여긴다. 그래서 마음이 아무리 괴롭고 흔들릴 때도 스튜디오에 가서 한 번 춤을 추고서 모두의 빛나는 웃는 얼굴을 보고 나면 차분하게 원래 마음으로 돌아갈 수 있다.

이 글을 통해, 훌라를 배우면서 있었던 수많은 일화를 쓰려 하는데, 이번에는 내 소중한 선생님 중 한 분인 마헤알라니(보름달) 씨에 대해서.

전철을 탔는데 옆자리에 감기 걸린 사람이 콜록대고

있으면 그만 '아이 참.' 하고 짜증이 난다. 그런 때면 언제나 마헤알라니 씨가 떠오른다. 학생 하나가 기침을 하면서 "미안합니다." 했을 때, 그녀는 환하게 웃는 얼굴로 "옮겨 줘. 나 감기 얼마나 좋아하는데. 열이 나서 그 멍한 느낌이 정말 좋다니까!"라고 했다. 인생을 즐기자, 정말 그런 마음이 아니면 그렇게 말할 수 없다. 아, 난, 즐기고 있는 게 아니었네, 말은 그렇게 했지만, 진심이 아니었나 봐, 하고 반성했다. 지금을 기분 좋게 살자, 자신의 몸과 마음을 위해 좁아지는 방향으로는 가지 말자, 저 사람처럼 살자. 그렇게 생각하자 마음이 나긋나긋해지고 넓어지는 것을 알 수 있었다.

마헤알라니 씨는 스타일만 해도 굉장하다. 얼굴과 몸매가 미네 후지코 |일본 만화 「루팡 3세」에 등장하는 여성 캐릭터. 섹시한 스타일이 특징.| 와 이시노모리 쇼타로 |일본의 만화가. 「사이보그 009」의 원작자로 유명.| 의 작품에 등장하는 섹시한 주인공을 합해서 둘로 나눈 것 같다. 딱 바비 인형이다.

남들과 다르다는 것이 어떤 것인지 나는 신물이 나도록 잘 안다. 아쉽게도 얼굴과 몸매에 관해서는 아니지만.

그것이 얼마나 멋진 일인지도, 그리고 그것이 얼마나 가혹하고 고통스러운 일인지도.

마헤알라니 씨는 믿기지 않는 속도로 훌라를 배웠다. 그리고 물론 할라우 가운데에서도 위치가 쑥쑥 올라갔다. 이례적인 출세는 이런 거구나 싶을 정도의 속도였으니, 좋지 않은 소문도 많았을 것이라고 생각한다. 하지만, 나는 처음부터 다 봐 왔기 때문에 잘 안다. 그 외모에 그 운동 신경, 그리고 그런 인생관을 갖고 있는데 춤을 잘 못 춘다면 게으름을 피웠을 뿐이라는 걸. 그녀는 자신에게 지지 않고 있는 그대로의 자신으로 살기 위해 할 수 있는 것은 이거다, 결심하고서 엄청나게 연습했다.

그녀는 그 외모 때문에 끔찍한 일도 많이 겪었다. 그런 경험과 기억을 일일이 트라우마다 뭐다 한다면, 살기 힘들지! 그런 목숨을 건 결심 덕에 그녀의 안팎이 언제나 화사하고 강하고 아름다울 수 있었다고 생각한다.

우니키(졸업 시험), 엄격하고 길고 힘겨웠던 그날이 지나고 발표를 기다리는 동안, 사실은 가장 불안했을 그때, 하와이의 호이케 무대 옆에서 자신의 학생들이 펼치는 리허설 광경을 뚫어져라 쳐다보는 마헤알라니 씨에게 말을 건넸다. 그녀는 어린애처럼 환하게 웃는 얼굴로 "바나나 씨, 와 줬네!" 하며 안아 주었다. 시차 때문에 띵한 기분도 분주함도 싹 달아나리만큼 따뜻한 허그를.

참 오해받기 쉬운 사람이네, 싶었다. 늘 다른 사람보다 백 배는 노력하는데, 뭘 하든 그런대로 돌파하기 때문에 다른 사람 눈에는 노는 것처럼 보이는 거다.

하지만 신은 보고 있다, 달도 무지개도 보고 있다. 그리고 나처럼 말없이 보고 있는 사람도 많이 있다. 그러니 언제까지나 빛을 잃지 마세요, 하고 마음속으로 살며시 기도했다.

이 눈으로

여섯 살 난 우리 꼬맹이를 보다 보면, 요즘 아이들은 무슨 일이든 책이나 텔레비전을 통해 먼저 알아 버리는 경우가 많다는 생각이 든다. 생활에서 멀리 떨어진 생물은 본 적 있어도, 가까운 생물은 오히려 접해 본 적이 없어 균형이 안 맞는 느낌이다.

소나 말이나 산양은 목장에 놀러 가서 봤고, 까마귀나 비둘기도 가까이 있으니 그림으로 그릴 수 있다. 돌고래도 아마쿠사와 하와이에서 봤다. 플로리다에서 야생 악어를 본 적도 있고, 아르마딜로와 펭귄도 실제로 보았다.

동굴 탐험도 한 적이 있으니 박쥐도 봤을 것이다.

그런데 수탉과 암탉의 차이는 아무래도 잘 모르는 것 같고, 의외로 두더지는 본 적이 없고, 꼽등이가 뭔지 모른다.

그러고 보니까 나도 요즘 두꺼비는 밤길에 간혹 보지만, 청개구리와 조그만 올챙이는 거의 보지 못했다. 이파리 위에서 반짝거리는 초록색을 보고 화들짝 놀라는 일이 거의 없다. 생각해 보니, 달팽이도 못 봤다. 전에는 비 그친 후에 나무 울타리 가득 갓 태어난 달팽이가 달라붙어 있고, 그 껍질이 아직 부드럽다는 것도 알고 있었는데.

하와이 음악과 신화에는 '후무후무누쿠누쿠아푸아아'라는 이름의 물고기가 자주 등장한다. 정말 긴 이름인데 '돼지처럼 운다.'라는 뜻이란다. 쥐치의 일종으로, 노란색 줄이 선명하게 나 있는 물고기다.

나는 노래 속에서 언제나 이 물고기를 만났다. 마치 금붕어나 도미처럼 이 물고기를 잘 아는 기분이었다. 그런데 떠오르는 그 물고기의 모습은 늘 책에 있는 모습이었다. 이래서야 우리 꼬맹이와 다를 게 없다. 일본에도 비슷한 종류의 쥐치과 물고기가 있지만, 후무후무누쿠누쿠아푸아아는 하와이를 상징하는 물고기인 것이다.

와이메아에 묵을 때, 근처 해변으로 수영을 하러 갔다. 하와이에서도 그 부근의 바다는 다소 기온이 낮은데, 비행기에서 내리자마자 물에 잠기고 싶었던 나는 꼼꼼하게 체조를 하고 차가운 바다로 들어갔다.

인어처럼 매끄럽게 헤엄치는 지호—그녀는 하와이에 살면서 이 글에 멋진 사진을 실어 주고 있다.—뒤를 파닥파닥 꼴사납게 쫓아갔다. 조금 전에 지호가 아무렇지도 않게 "아, 후무후무누쿠누쿠다!" 하고 말했다. '그렇게 쉽게?' 하고 생각하면서 고글 낀 얼굴을 바닷물에 집어넣었더니, 머릿속에서만 몇 번이나 만났던 그 물고기가 살랑살랑 헤엄치고 있었다. 조금 골이 난 듯한 얼굴로. 가만히 보고 있자니, 잠시 눈이 마주치기도 했다.

인간이 아닌, 서로 다른 곳에서 사는 생물과 눈이 마주치면 정말 신기한 느낌이 든다. 서로 살아 있네, 살아 있어, 하고 생각하는 걸 느낄 수 있다. 그리고 또 다른 우주의 창문을 들여다보고 있는 듯한 느낌도 든다.

우리는 지금 만나고는 평생 다시 만나는 일이 없을 것이다.

하지만 다음 달, 여기 와서 다시 헤엄친다면 그때 그

물고기도 여기 살고 있을지 모른다.

인간들끼리도 그렇지만, 인간이 아닌 생물과의 만남은 훨씬 허망하고 아름답다고 생각된다.

그러고 보니, 지금까지 참 많은 생물과 눈을 마주했구나 싶다. 차에 치여 죽어 가는 고양이, 창틀에 앉은 물까치, 시골 집 현관에 나타난 너구리, 같이 헤엄친 바다 거북, 위협하던 사마귀 등등. 그 다양한 눈동자를 잠시 들여다보고는, 그리고 헤어졌다. 그 모두가 이 지구상에 똑같이 살아가고 있다.

물에서 나와 으슬으슬 떨리는 몸에 타월을 휘감고 시트 위에 앉았다. 친구와 우리 꼬맹이가 꺄아꺄아 소리를 지르면서 서로를 잡으러 뛰어다녔다. 친구의 애인은 바다 더 멀리까지 헤엄쳐 나갔다. 지호도 아직 바다를 탐험하고 있고, 남편은 행복하다는 표정으로 옆에 누워 있었다. 저 너머에 보이는 곳에는 아담한 숲이 있고, 우리 머리 위로는 파란 하늘에 엷은 구름이 걸려 있었다. 바다는 한없이 부드럽게 출렁거렸다. 그렇게 행복한 오후의 풍경을 바라보면서, '후무후무누쿠누쿠를 드디어 만났네.' 하고 생각했다. 지금까지의 체험에 색다른 체험이 하나 더 보태졌어, 앞으로 그 춤을 출 일이 있다면, 도감에 나온 것과 다를 게 없던 내 머릿속 그림이 전혀 달라질 거야! 기쁜 일이었지만, 거기에는 다른 나라의 춤을 배울 때 늘 따라다니는 약간의 슬픔도 있었다.

일본 물고기가 아니니까, 입에서 절로 나오는 비유 중에 그 물고기는 있을 수 없는데 춤을 춘다는 것도 허망한 일 아닐까?

그렇게 생각할 수도 있다. 하지만 하와이를 사랑하는 내게는 하와이를 그리워하는 것이야말로 꿈이며 동시에 인생의 깊이다.

그리고 한편으로 어렸을 때는 접했지만 지금은 좀처럼 만날 수 없는 생물들도, 내가 살고 있는 일본의 자연도, 하와이만큼이나 소중하게 여기자는 생각이 들었다.

사우스포인트

처음 하와이 남단에 있는 사우스포인트에 가 보자는 얘기가 나왔을 때, 그게 무슨 소리인지 전혀 몰랐다.

많은 루트 중에서, 남쪽으로 도는 길을 지나 돌아가면 사우스포인트에 들를 수 있다고 했다.

생각보다 시간이 많이 걸릴 것 같아 "무리해서 갈 것까지는 없어."라고 말했지만 안내하는 지호가 "거기는 꼭 보여 주고 싶어."라고 했다. 게다가 나는 옛날에 『N. P.(노스포인트)』라는 소설을 쓴 적도 있었다. 여기까지 왔으니 『사우스포인트』도 써야 할지 모르겠네, 아무튼 가 보자고 생각했다.

그리고 또 다른 안내자 진 씨가 운전하는 차를 타고 그 색다른 경치 속으로 들어갔다.

널찍한 국도에서 사우스포인트로 향하는 좁은 길로 접어들자, 어째서인지 갑자기 소리가 없어진 느낌이 들었다.

두 번째 갔을 때에도 그런 느낌이 들었으니까, 아마 확실할 거다.

바람도 세게 불고, 햇살은 강렬하고, 모두가 말을 하고 있는데도 왜 그런지 사방이 갑자기 잠잠해져, 꾸벅꾸벅 졸고 있던 나는 퍼뜩 눈을 떴다.

멀리 풍차가 줄줄이 서 있다.

소와 말이 서편으로 기우는 햇살을 받으며 그림처럼 정연하게 서서, 소리 없이 풀을 뜯고 있다.

그 외에는 아무것도 없는 세계 저편에, 불쑥 벼랑이 나타난다.

그것은 그야말로 '끝'의 경치가 갖는 특색, 그 고요함은 세상 끝의 경치가 보여 주는 공통된 느낌이라고 생각한다.

여기서부터는 그다음이 없다. 사람도 발을 들일 수 없는 장소라는 걸 본능이 절절하게 호소한다.

정작 가서 보면 별거 없이 그냥 벼랑이 있고, 그 아래로는 해변이 있고, 관광객이 와글거리는 장소일 뿐이다.

섬의 남쪽 끝, 그저 그뿐이다.

그런데도 각자가 먼 곳을 바라보며 생각에 잠기는 풍경이 왠지 모르게 신비로웠다. 감람석이 섞여 있는 모래사장에서 그 조그만 조각을 줍는 사람들, 수영복을 입고 벼랑 아래로 내려가 다이빙을 하는 사람들, 사진을 찍어 대는 사람들, 서로에게 몸을 기대고 벼랑 끝에 앉아 속삭이는 연인들.

그렇게 다양한 사람들이 있는데, 왠지 고요해서 오래 있다 보면 '아, 인간 세상으로 돌아가고 싶네.' 하는 생각이 드는 곳이었다.

어수선하고, 쓰레기도 많고, 네온사인이 있고, 먹고 마시고 울고 웃는 시끌시끌한 소리가 사람들 특유의 묘한 음악을 만들어 내는, 그런 곳. 어른과 아이 들이, 남자와 여자 들이 있는 그대로의 감정으로 서로 부딪치고, 또 따뜻하게 보듬고 살아가는 장소.

그런 세계로부터 그곳 사우스포인트는 너무도 동떨어져 있었다.

거기에서는 끝의 힘이 강해서 인간의 삶 따위는 지워지고 만다.

그 아슬아슬하리만큼 깎아지른 경치의 아름다움은 인간이 얼마나 미미한 존재인지를 깨닫게 하는 아름다움이기도 하다.

진 씨가 친절하게 여러 가지 설명을 해 주었다. 우리도 사진을 찍고 얘기를 나누고, 모래에서 예쁜 초록색 감람석 조각을 찾아내고, 그렇게 한참을 지냈다. 꼬맹이는 까르륵거리며 뛰어다니고, 서로를 쫓고 쫓기면서 꺄꺄거렸다. 진 씨는 꼬맹이를 어깨에 태우고 걸었다. 그렇게 친한 사람들과 함께 즐겁게 지냈는데, 왜 그런지 추억 속의 그 장소는 고요하다.

저녁노을이 잘 보이는 장소로 가자는 진 씨의 말에 버스를 타고 노을을 찾아 옆 동네로 달려갈 때, 온몸에 조금씩 온기가 돌아왔다. 조그만 마을, 조그만 가게, 소박하

게 사는 사람들이 있는 곳에 도착했을 때에야 겨우 어디선가 돌아온 듯한 안도감이 느껴졌다.

언젠가 내가 죽어 이 세상 끝의 아름다운 세계로 떠나, 몸도 마음도 그 맑은 빛에 싸여 점차 투명해지는 때가 오면, 나 역시 그렇게 인간들이 그리워지겠지, 하고 생각했다. 얄밉고 시끄럽고 성가시고 징글징글한 인간들의 무게가 그리워 견딜 수 없어지리라. 그리고 그 무엇과도 바꿀 수 없는 것이 무엇인지를 알게 되리라.

그런 기분을 비슷하게나마 체험할 수 있는 곳이 사우스포인트 아닐까 한다.

심술쟁이 타월

오아후에서 어쩌다 여느 때는 잘 묵지 않는 초대형 호텔에 묵게 되었다.

그 호텔은 종업원 교육이 몹시 철저해서, 몇 번 지각하면 같은 부서에 있을 수 없고, 일을 효율적으로 하지 못하면 심하게 질책을 당하는 곳인 듯했다. 또 일본인 단체 관광객이 많아 고생이 적지 않을 것 같았다.

그 탓이겠거니 생각은 하지만, 아무튼 심보가 고약한 종업원이 많았다.

심술맞은 비행기 승무원과 비슷했다. 승무원은 격무

에 시날리는 데다 엄격한 규율을 지켜야 하고, 또 손님이 다들 좋은 사람은 아니니까 스트레스가 쌓일 것이다. 그러다 보면 점차 심술궂어지는 건지 일보다 먼저 '어떻게 하면 심술궂게 대응할 수 있을까.'를 생각하는 사람이 꽤 많다. 못 들은 척, 깜박 잊은 척, 아기를 데리고 있어 손을 쓸 수 없는 손님에게 "컵을 이리 주세요." 하면서 쟁반을 내미는가 하면, 새근새근 자는 두 살짜리 아기를 흔들어 깨워, 얼굴을 반듯하게 들고 있지 않으면 착륙할 수 없다는 매뉴얼을 전한다. 손님 옷에 음료를 엎지르고도 사과보다는 먼저 바닥을 닦는다. 그런 광경을 보면서 '야, 심술궂게 사는 것도 보통 일이 아니네.' 하고 생각할 정도로, 심술의 연쇄랄까 악순환이 계속되는 일을 흔히 본다.

그들과 그녀들이 심술을 부릴 때, 거들먹거리며 트집을 잡는 얼굴을 보면서 사람이란 피곤하면 '심술을 부리면 재밌겠지.' 하고 생각하는 생물이라는 것을 이해하곤 한다.

아무튼 어쩌다 우연히 그 호텔에 일주일을 묵게 되었는데, 친절한 종업원은 딱 다섯 명밖에 없었다. 나중에는 그 사람들을 꼭 안아 주고 싶은 기분마저 들었다. 그들이 이런 환경에서도 친절할 수 있는 것은 거의 자선에 가깝다는 생각이 들어서였다.

그중에서도 가장 심했던 곳은 타월을 빌려 주는 부스였다.

타월을 빌릴 수 있는 티켓을 보여 주면 티켓 한 장당 타월 두 장을 빌릴 수 있다고 쓰여 있는데, 왠지는 몰라도 그들은 선뜻 건네주려 하지 않는다.

그런 태도에는 미국 사람들과 다른 가족들도 화가 나서 투덜거렸는데, 아무튼 어떻게든 한 장만 빌려 가도록 상황을 이끌어 간다. 세탁비를 절감하라는 지시가 있었는지는 모르겠지만, 아무튼 티켓에는 두 장이라고 쓰여 있으니 부당하다. 두 장을 빌려 준다고 해서 그들의 업무가 복잡해지는 것은 아니니 그저 심술이라고밖에 볼 수 없다.

"어디에서 수영할 거죠?" 하고 묻기에 "바다와 풀."이라고 대답했더니 여기는 풀에 소속된 부스라서 빌려 줄 수 없으니 바다 쪽 부스에 가서 빌리라고 하질 않나, 지금은 타월이 부족하니 저쪽에 있는 타워에 가서 빌리라고 하길 않나, 이쪽은 쳐다보지도 않은 채 타월을 내던지지 않나. 우리 가족뿐만 아니라 다른 사람들에게도 다 그랬다. 아무 문제 없이 빌린 적은 단 한 번도 없었다. 그래서 다들 아이를 안고 투덜거리면서 타월을 빌리기 위해 저 멀리까지 한없이 걸어간다.

우리도 약이 올라 좋지 않은 태도와 말투를 흉내 내어 장난을 치곤 했는데, 그런 것은 정말 시답잖은 장난이었다. 그렇게 아름다운 바다와 부드러운 바람 앞에서 어떻게 그런 나날을 보낼 수 있는지, 그들의 인생이 참 딱하고 안타까웠다.

우리까지 기분 나빠지면 안 되지, 즐기자! 그렇게 번번이 마음을 추슬렀는데, 그래도 타월을 빌릴 때마다 불쾌한 것은 어쩔 수 없었다.

타월은 가족이든 커플이든 '해변에서 빌릴 수 있으면 편하겠다.' 하고 생각하는 아이템이니 모두가 머리를 조아리고 빌려 달라고 할 수밖에 없어 저런 심술이 생겨나고 그게 또 당치 않은 권력이 되는 것이다.

마지막 날, 그때도 불친절하게 내던진 타월 한 장을

의자에 깔고, 다음에 올 때는 타월을 가져와야지, 생각하면서 풀에서 수영을 했다.

남자만 다섯이서, 아이 둘에 좀 덩치 큰 청년 둘, 그리고 아버지 나이의 아저씨가 한 명, 그들은 어깨에 무등을 타고 둘이서 발판을 만들어, 주위에 피해가 가지 않도록 주의하면서 서로를 물속에 던졌다. 던지고는 까르륵 웃고, 어떻게 던지면 재미나는지를 서로 얘기하기도 하고, 안전하게 그리고 스릴 있게. 아버지도 아이도 그 놀이에 푹 빠져 있었다. 아이는 정말 빛났고, 웃음이 그칠 줄을 몰랐다. 몇 번이나 물속에 빠지고는 함박 웃고는, 다시 올라와서 누군가를 빠뜨리고 '정말 재미있고 신이 나 죽겠다!'라는 표정이었다. 풀에 있던 모두가 싱글거리며 그들을 바라보았고, 다른 아이들도 부러워했다.

타월 부스의 심술쟁이 종업원 때문에 기분은 좀 나빴지만, 그들의 하와이는 최고로 멋지고 화기애애하구나, 그렇게 생각했더니, 저런 것이야말로 최고의 행복이겠다는 생각에 행복한 힘이 샘솟았다. 좋아! 저 사람들 못지않게 즐겨야지!

스위트 하트

마리는 내가 훌라를 배우기 시작했을 때, 우리 할라우의 톱 댄서 중 한 명이었다.

발레로 다진 가녀린 몸과 완벽한 자세로 어려운 곡을 자기 나름대로 소화해 아름답게 완성해 가는 모습이 나와 동기생 전원의 눈에 각인되어 있다.

나를 직접 가르치는 선생은 아니었지만, 마리의 춤을 볼 때마다, 온몸의 세포가 탐욕스럽게 춤을 향하는 그 힘에 소름이 좍 끼치곤 했다. 마리는 엄청난 미인이지만, 그 미모를 넘어서는 냉정하고도 쿨한 무언가를 지니고 있었다. 그것이 야심이었다 해도 누구 하나 그녀의 춤을 비난할 수 없는, 그런 재능의 소유자였다.

그러나 그녀는 미인일 뿐만 아니라 지나치리만큼 정직하고 계산도 잘 못한다 싶은 타입에다 늘 너무도 있는 그대로여서, 아무튼 머리끝부터 발끝까지 집단행동에는 잘 맞지 않는 사람이었다.

무슨 일이 있었는지는 자세히 모르지만, 아마도 그런 이유로 마리는 어느 날 갑자기 훌라 교실을 그만두고 말았다.

지금도 그녀에게 배운 「To You Sweet Heart Aloha」를 들을 때마다 그녀의 춤이 애틋하게 눈앞에 떠오른다. 누구도 흉내 낼 수 없는 목의 각도와 가녀린 몸의 모든 부분을 구사해서 다양하게 표현하던 감정이 떠오른다.

오아후에 갔을 때, 마리를 오랜만에 만날 수 있었다. 결혼해서 행복하게 살고 있는 그녀는 변함없이 아름다웠다. 날씬한 몸매도 조금도 흐트러지지 않았다. 성격도 달라지지 않아, 정말 심하다 싶을 만큼 있는 그대로였다.

내가 "지금 티셔츠 사러 갈 건데, 관심 없으면 여기

서 헤어져도…….” 하고 주춤거리며 조심스럽게 말하자, 마리는 싱긋 웃고서 “티셔츠에는 관심 없으니까, 가 볼게요!” 하고 말했다. 정말 여전하네! 어째 후련한 기분마저 들었다. 그런 부분을 좋아했지, 하고 생각했다.

그런 마리가 소규모 스튜디오에서 하는, 운동 부족 해소를 위한 공개 레슨에 참가한다기에 보러 갔다. 그녀의 춤은 돈을 내서라도 보고 싶은 수준이기 때문에 ‘이런 횡재가 없지!’ 하고 신나는 기분이었다. 내 안에 슬픔은 남아 있지 않다 여겼다.

파우 스커트를 입은 마리의 모습을 7년 만에 보았다.

훌라 춤을 출 때의 마리는 어째서인지 평소의 마리가 아닌 신성한 존재가 된다. 매끄럽게 뻗은 다리, 웃는 얼굴, 몸의 움직임, 모두가 신에게 사랑받는 생물이 되어 평소의 마리에게서 자유롭게 해방된다.

그러나 이제 마리는 나와 같은 교실의 사람이 아니다.

같은 곡을 우리의 쿰이 부르는 노래가 아닌 노래에 다른 안무로 추고 있었다. 스텝도 약간 달랐다. 이제 다르구나, 그때 마리가 추던 춤은 이제 두 번 다시 볼 수 없구

나. 그런 생각이 들면서 갑자기 슬퍼졌다. 훌라를 추는 마리의 아름다움, 멋진 춤, 그녀를 춤추게 하는 하늘에서 내려온 재능, 그 모든 것이 애처로워서 눈물이 났다.

옆에 있던 우리 꼬맹이가 "엄마, 훌라를 찡그린 얼굴로 보면 안 되잖아. 방긋 웃어야지." 하기에 울음을 그쳤다. 마리가 표현하는 바람, 바다, 비, 어느 것이나 마리 본인이 생각하는 이상으로 아름답고 영원했다.

뭐가 어떻든 상관없으니까, 훌라를 계속 춰 줬으면, 하고 생각했다.

유파도 장소도 어디든 좋으니까, 춤추는 마리가 가장 좋다, 그것이 훌라이기만 하면 뭐가 다르든 어떻든 상관없다고. 훌라 춤을 추는 것으로나마 겨우 이어져 있다. 훌라를 배우는 오래 기간 동안, 많은 일이 있었다. 싸웠던 사람도, 이제 만날 수 없는 사람도 다들 한 번은 훌라를 췄다. 그리고 그 사실이 있는 한, 어느 깊은 곳에서는 내내 사이좋은 친구이고, 서로를 이해할 수도 있다. 그것이 훌라다.

그리고, 이런 기분이야말로 정말 훌라를 사랑하는 마음이라고 생각했다.

파우 스커트를 벗은 마리는 다시 여느 때의 마리로 돌아와 "와 줘서 고마워요! 우와, 오늘은 얼마나 힘들던지, 아 피곤해!" 하면서 싱긋 웃고는 한 손에 파우를 들고 구부정한 자세로 느릿느릿 걸어갔다. 늘 그렇지만, 그 격차에 실망하면서도, 왠지 깨끗한 물에 씻은 개운한 기분이었다.

비밀의 하와이

이렇게 오래도록 훌라를 하고 있으니 하와이안 주얼리 하나쯤 갖고 싶네, 하고 생각했다. 오아후에서도 하와이 섬에서도 여러 가지로 찾아보기는 했다. 그런데 꼭 이거다 싶은 게 없었다.

친구가 하고 있는 것을 보면 '와, 멋지다!' 하고 생각한다.

그런데 잠시 빌려서 해 보면 왠지 모르겠지만 내게는 어울리지 않았다.

비싼 것이 아니라도 평생 하나쯤은 만들어야지, 이름

도 새기면 소중하게 여기겠지, 그런 생각으로 몇 번이나 주문하러 가려 했지만, 실제로 그 단계가 되면 결국 주문하지 못한 채 돌아오고 말았다. 아무래도 내게 어울리지 않는 것이다. 이건 내 팔찌가 아니야, 이건 내 반지가 아니야, 하는 식으로.

아직 때가 아니라는 뜻이겠지, 그렇게 생각했다.

허리가 심하게 아파 몇 달 동안 훌라를 추지 못했다.

그냥 구경만 하러 가거나 가볍게 살짝 움직여 보기도 했지만, 그건 춤이 아니다. 다 함께 춤의 파도를 타고 있는 것이 아니다. 속이 상했지만 어쩔 수 없는 일이어서 꾹 참았다.

훌라를 추지 못하는 허전함이 나를 채워 갔다. 서투르든 어떻든 따라가기 위해 열심히 하다가 진이 다 빠져서 돌아오는 길에 맥주를 벌컥벌컥 마실 때 느끼던 그 시원함도 그리웠다. 집에서는 연습할 틈이 없고 우쿨렐레 교실도 툭하면 빠지는 엉터리 학생인데, 이러다 복귀하지 못하면 어쩌지, 하는 암담한 기분도 들었다.

그렇게 엉망인데, 이렇게 춤추는 것을 좋아하다니, 도

무지 믿을 수가 없네!

그러나 사실이 그렇다. 훌라는 내 안에 뿌리를 내리고 가지까지 뻗은 것 같다.

도저히 움직이지 않을 수 없는 볼일이 있어서, 어느 날 오후에 오키나와로 출발했다. 같은 남쪽의 섬이라서 그런 건 아니었는데, 비행기를 탈 때 '하와이안 주얼리' 이미지가 몇 번이나 내 머리를 스쳤다. '왜 이러지? 오키나와에서 하와이안 주얼리를 사게 되려나?' 하고 웃으면서 생각했다. 그런 일은 있을 수 없다. 국제 거리에는 내가 좋아하는 분위기의 가게가 없고, 진짜 하와이안 주얼리도 없을 것 같은데. 게다가 하와이에 갔을 때 현지에서 사고 싶기도 했다. 오키나와에서 굳이 하와이안 주얼리를? 그런 생각이었다.

친구와 약속한 시간보다 한 시간 일찍 가게 앞에 도착한 나와 꼬맹이는 산책이나 할까 싶어 그 주변을 어슬렁거렸다. 상쾌한 공기, 히비스커스가 흐드러지게 피어 있는 골목길. 남쪽 섬 특유의 새빨간 저녁노을. 강렬한 빛이 투명한 빨강으로 변해 갔다.

"여기서 주스라도 마실래? 엄마는 칵테일 마시고." 하면서 어느 가게에 들어가려고 했는데, 꼬맹이가 "여긴 너무 수수해서 싫어."라며 투정을 부렸다. 유전인지, 그 애에게는 묘한 감이 있다.

그럼, 좀 더 걸어 보자, 하고는 길 하나 안쪽으로 들어갔다.

그러자, 희미하게 들려오는 하와이 음악. 거기에 아주 조그만 하와이안 숍이 있었다. 파우 스커트와 알로하 셔츠, 악기도 조금. 나는 비행기에서 느낀 예감 따위는 까맣게 잊은 채 가게 안으로 들어갔다. 가게 점원이 "헬로." 하고 인사했다. 나도 "헬로." 하고는 진열장 안의 반지 하나에 눈길이 사로잡히고 말았다. 훌라를 추는 사람들과 이프 | 속이 빈 호리병을 손으로 두들겨 연주하는 하와이 전통 타악기. | 와 우쿨렐레와 야자나무와 별이 새겨져 있었다. '이거다, 이거야! 이게 나를 불렀어!' 하는 느낌에 바로 사겠다고 말했다. 사이즈도 딱 맞았다.

가게 점원은 아주 이상하다는 표정으로 "이 가게는 취미로 하는 거라서 기분 내킬 때 딱 세 시간밖에 문을 열지 않거든요. 그래서 모르는 사람은 절대 안 와요. 게다가 이 가게, 길거리에 있지도 않고. 그리고 이 반지는 나도 끼고 있는데, 하와이에 있는 ○○ 씨에게 특별히 주문한 것이라 이제 어디에도 없어요. 마지막 남은 딱 한 개. 사이즈가 작아서 마음에 든다는 사람도 대개는 안 맞더라고요. 내가 다 궁금하네요. 어쩌다 여기 와서 다른 것도 아니고 이걸 사는 거죠? 굉장히 기쁘기는 한데, 왠지 이상한 기분도 드네요."

"바로 저기에 친구 가게가 있는데, 너무 일찍 도착해서 좀 어슬렁거리다……."

나는 대답은 그렇게 했지만, 이 반지가 훌라를 잘 추지 못하는 나를 위로하기 위해 오늘 아침부터 날 불렀던 거야, 하고 생각했다. 오키나와의 골목 안에 있는, 해 질 녘에만 문을 연다는 비밀의 하와이에서, 귀엽고 조그만 목소리로.

일본 사람의 마음

힐로에서 묵은 곳은 좀 색다른 숙소였다.

원래는 하와이로 이민 온 일본 사람이 살았던 일본식 저택이었던 것 같다. 우리 가족이 묵었던 2층 넓은 방에는 그 모습이 보존되어 있어 모든 것이 다 일본식이었다. 장지문, 후지산이 그려진 난간, 족자, 일본 인형, 다다미, 욕실은 다실처럼 생겼고, 물이 떨어지는 수도꼭지는 대나무 모양에…… 거기에 있으면서, 힐로 특유의 녹음이 무성하고 느긋한 경치를 보고 있노라니 높은 건물이 많지 않아 전망이 좋았던 1970년대의 아타미에 있는 듯한 신

기한 기분이었다.

1층은 완전히 개조해서 멋진 식당과 서양식 룸이 몇 개 있었지만, 군데군데 놓인 항아리와 장식장은 역시 일본 사람이 살았던 흔적이었다.

이곳에서 고향을 생각하면서 살다 죽어 간 사람들은 어떤 기분이었을까, 생각지 않을 수 없었다. 그런데 가장 이상한 것은 여관 자체가 아니라 관리인들이었다.

아침 식사는 꿈처럼 아름답게 세팅되어 나오고, 훌라도 보여 주고, 친절하고, 인상도 좋은 부부인데 아무튼 완벽주의였다.

포크를 들고 나가거나 늦은 밤에 시끄럽게 하면 갑자기 태도를 싹 바꿔 무표정하게 화를 내는 부인의 완벽함은 마치 호러 영화에 나오는 사람 같았다. 게다가 여관의 지하에 사는 것까지. 밤에 창문에 비친 부부의 옆얼굴을 보면 왠지 가슴이 쿵쿵거렸다.

"그이가 이렇게 아름다운 곳에 살면서 닌텐도 게임을 하려고 들잖아요. 그래서 다 버려 버렸어요."

그런 말을 담담하게 하는 그녀, 풀이 폭 죽어 고개 숙인 남편. 당장이라도 호러 영화를 찍을 수 있을 것 같았다.

하기야 그 정도로 하와이에 푹 빠져 있고 하와이의 꿈을 이 여관에 가득 담고 싶어 하니 그렇게 힘든 일도 해낼 수 있을 것이다. 만실이 되면 상상도 못 할 만큼 바쁠 것 같은데 언제나 반듯하게 정리되어 있고, 아침 일찍부터 마음대로 마실 수 있는 커피가 넉넉하게 준비되어 있고, 풍성한 과일에 보들보들한 팬케이크는 입에서 살살 녹았다.

종일 이쪽저쪽 취재를 다니느라 지쳤지만, 그래도 우리는 밤에 그 여관에서 조촐하게 파티를 했다. 하와이 섬을 거의 한 바퀴 돌았는데도 싫은 내색 하나 없이 안내해 준 가이드 진 씨는 이 책의 사진을 찍어 준 내 친구 지호의 친구이다. 진심으로 하와이 섬을 사랑하고 그 아름다움을 모두가 알아주기를 바라기에 몇 번이나 같은 곳을 안내하면서도 싫증을 내거나 형식적인 태도를 보이지 않았으리라. 덕분에 하와이를 사랑하는 그의 시점에서 하와이를 느낄 수 있었다.

진심 어린 그의 안내에 감사하는 마음과 지금은 이렇게 같이 있지만 곧 서로 다른 장소로 뿔뿔이 헤어진다는 사실이 마음속에 음악처럼 조용히 흘렀다. 언제나 관광객을 안내하느라 바쁜 진 씨와 훌라 친구인 준, 힐로에 사는 지호, 캘리포니아에서 날아온 기요, 베이비시터 요코, 그리고 우리 가족 셋이 관리인 부부가 깨지 않도록 살금살금 파티 준비를 했다.

다다미, 장지문, 밖에는 무성한 초록 위로 부슬부슬 내리는 비. 앉은뱅이 상에 둘러앉았더니 평소 잘 만나지 못하는 우리는 나이와 입장과 환경을 단숨에 뛰어넘어 모두가 대학생이 되고 말았다. 맥주를 마시고 포테이토칩을 먹고 고민거리도 많고 앞으로의 인생에 여러 가지 일이 많이 있을.

그런 기분이었다.

대학생 시절에는 모두가 전혀 다른 장소에 있었다. 진 씨는 식물 연구, 준은 치어리더, 지호는 영상을 찍으면서 운동에 열심이었고, 기요는 보나마나 활동적으로 여기저기 움직였을 테고, 요코는 연극을 좋아했고, 남편은 시마네에서 연구. 나는 집에 틀어박혀 소설을 썼다. 하물며 우리 꼬맹이는 있지도 않았으니, 미래의 그림이다. 언젠가 그 애도 이렇게 친구들과 파티를 하게 될 것이다.

그렇게 다른, 평생 만나지 않았을지도 모르는 우리인

데 이렇게 다다미방에 모여 앉았더니 금방 동기생이 되고 말았다.

아침이 오면 바다가 보일 커다랗고 해묵은 유리창 너머로는 비에 촉촉하게 젖은 힐로의 나무들 기척이 빗소리와 함께 전해졌다.

미래는 아직 알 수 없다. 한없이 펼쳐져 있다. 그런 기분이 송글송글 샘솟았다.

하와이와 홋카이도

『환상의 하와이』라는 소설집에 담긴 「은의 달 아래에서」란 단편소설에서 하와이 힐튼 와이콜로아 호텔에 대한 신기하면서도 따스한 인상을 그리고 싶었다.

드넓은 호텔 안에는 어떻게 된 일인지 전차와 배가 다닌다. 꽃은 흐드러지게 피어 있고 사람들은 미소를 짓고 풀장을 채운 물은 반짝반짝 빛나고 어떤 의미에서 낙원 같기도 하지만 좀 묘한 구석이 있기 때문이었다.

인공적으로 만든 바다에는 돌고래와 거북이 있는 데다, 유리 너머 조그만 정원에는 걸어 다니는 네네 | 하와이의 물

새.| 가 있다. 강에는 커다란 바라쿠다 | 농어과 물고기의 일종. | 도 있다. 모두 잡혀 와 인공적인 환경에 갇힌, 그런 상황을 나는 별로 좋아하지 않는다. 아니 오히려 싫어해서 늘 조금은 불쾌해진다. 그런데 대대적인 인공물 속에 자연이 억지로 섞여 있는 그 분위기가 마치 유원지 같아서인지 꼬맹이는 그저 천진난만하게 기뻐했다. 그 모습을 보면서 나는 그만 웃음이 나왔고, 사람이 만들어 낸 일그러진 낙원의 그 복작복작한 세계가 조금은 사랑스러워졌다.

엘리베이터에서 내리면 바로 '스타벅스' 같은 가게가 있어, 언제든 커피를 살 수 있었다. 맛있네, 자꾸 사게 되네, 이런 장소에 있으니까, 그렇게 생각하면서 뜨거운 커피를 손에 쥔다.

잠시 앉아 있으면 눈앞으로 흐르는 강에 배가 닻을 내린다. 여행 중이라 즐거운 사람들이 그 배에 올라타는 광경을 바라본다. 배가 사라진 후에는 바라쿠다가 느긋하게 떠오른다. 커피를 한 손에 들고 전차도 배도 타지 않고 복도를 따라 죽 걸어가면 여러 호텔의 건물을 지나는 사이 다양한 가게를 만나게 된다. 중국 음식점, 일본 음식점, 모자도 공예품도 전부 다 있다. 복도는 갤러리식이라 하와이와 여러 이국적인 나라들의 뭐라 말하기 어려운 수준의 그림과 조각이 쭉 전시되어 있다.

그렇게 와글와글하던 세계도 밤 9시가 되면 거의 문을 닫아 캄캄한 세계가 되고 만다. 돌고래 풀의 돌고래들만 여전히 삐삐 조잘거린다. 낮일에서 쌓인 스트레스라도 얘기하고 있는 것일까.

사람이 창조한 것의 한계, 사람이 창조한 세계의 왜소함.

그런 것도 조금은 사랑스럽게 느껴진다.

이렇게 거대하고 들뜨고 얄팍한 축제 같은 분위기와 가장 대조적인 분위기는 뭘까. 아마, 홋카이도에 있는 조그만 선술집 같은 곳이겠지. 춥고 눅눅하고 낡아빠진, 그러나 안으로 안으로 들어갈수록 넓어져 인생을 문득 되돌아보게 되는 분위기. 그런 생각이 들어서 그 소설에 홋카이도의 오타루를 등장시켰다.

주인공은 아직 고등학생쯤이고 엄마와 아빠는 이혼했다. 엄마와 엄마의 새 애인하고 오타루에 갔다가 혼자만 따로 방을 쓰게 된다. 엄마가 자신과 같이 자는 즐거움을 선택하지 않자 자신이 사람들 눈 때문에 어쩔 수 없이 데려온 방해꾼이라는 것을 알고 조그만 선술집 화장실에서 혼자 운다. 하와이에서 그 옛날 일이 생생하게 떠오른다. 그런 내용이었다.

소설은 참 좋은 거네. 아무리 멀리 있는 것도 이을 수 있으니까. 그렇게 생각하고 썼는데 나중에 훌라를 같이 배우는 친구가 불쑥 이런 말을 했다.

"그 소설을 읽고 깜짝 놀랐어. 그 얘기를 내가 했나 싶어서. 나 실제로 그런 경험이 있거든. 아빠하고 엄마가 이혼한 후에 엄마와 엄마의 새 애인과 함께 오타루에 갔어. 그런데 딱 소설처럼 방을 쓰게 되었거든. 말은 안 했지만 엄청 상처 받았다고."

깜짝 놀란 나는 그녀의 옆얼굴을 바라보면서, 언제든 현실이 더 굉장하다는 것을 새삼 깨달았다.

지금까지 많은 이야기를 소설에 썼다. 어머니가 여장한 남자인 이야기, 부모가 셋 있는 이야기, 남자 동기생이 의미도 없이 치마를 입고 있는 이야기, 그런데 언제 어떤 이야기를 쓰든, 반드시 "내 체험과 똑같은 얘기예요." 하는 사람이 나타난다. 농담이겠죠, 하고 동그랗게 떠 봐도

상대는 다들 진지하다. 그래서 들어 보면 소설 이상으로 소설적인 설정이다. 세상의 그 무한한 넓이에는 늘 현기증이 인다. 이 실로 넓은 세계, 인간만이 좁은 공간에 꿈을 담아 이 세계를 만든 것이 아니다. 상상을 초월하는 일이 매일 수도 없이 벌어지는 예측할 수 없는 세계.

그리고 나는 시간을 거슬러 올라가고 공간을 뛰어넘어, 소설 속 주인공과 내 친구를 오타루의 추운 하늘 아래서 꼭 껴안게 해 주고 싶었다.

내가 아직 엄마가 되기 전

힐튼 와이콜로아 호텔 이야기 하나 더.

호텔 안에는 드넓은 인공 만이 있고, 그 만은 돌고래 풀과 이어져 있다.

돌고래들은 거기에서 자유롭게 헤엄칠 수는 없지만, 그런 유의 다른 시설보다는 비교적 넓어서 매일 사람들을 바라보고 또 사람들에게 그 모습을 보여 주고 있다.

날마다 돌고래와 헤엄치기 같은 다양한 이벤트가 있어서, 어른도 아이도 신청을 하면 돌고래를 만지고 키스도 하고 물고기도 줄 수 있다.

나는 옛날에, 그런 프로그램에는 아무튼 다 참가했다. 돌고래를 만져 보고 싶었기 때문이다. 의외로 딱딱하고 가지처럼 매끄러운 표면. 물고기 같기도 하고 강아지 같기도 한 신비로운 생물.

그러나 지금은, 어쩐지 그렇다는 거지만(강경하게 반대 운동을 하는 것도 아니고, 다만 왠지 찜찜한 마음이 들어서 개인적으로 참가하지 않을 뿐이다.) 포획해 온 돌고래를 강아지처럼 키우는 시스템 전체에 의문이 느껴져, 작년 여름에 꼬맹이와 함께 참가한 것을 마지막으로 조금 거리를 두고 있다.

그럼에도 카페에서 커피를 마시면서 문득 풀을 돌아봤을 때, 쓰윽쓰윽 헤엄치는 돌고래를 보면 행복하다는 느낌이 든다.

인간은 참 모순되다고 생각한다. 이 모순이야말로 인간을 말해 주는 것이니, 나는 그저 바라보든가 내가 생각한 일을 할 수밖에 없다.

귀여운 돌고래를 포획하는 것도, 사육하는 것도, 귀여워하는 것도 인간이다. 가령 그 모든 것이 돌고래에게는 가혹한 행위라 하더라도.

그것은 천진난만한 아이들을 아끼고 사랑하는 사람이 있는가 하면 상처를 주는 사람이 있는 것과 마찬가지다.

호텔의 돌고래 풀 주변은 늘 가족끼리 온 관광객들로 붐빈다. 돌고래를 만질 차례를 기다리는 아이, 기대에 차 들뜬 아이, 울음을 터뜨리는 아이, 그런 아이를 달래 주거나 기운을 북돋아 주는 부모. 카메라를 눈에 대고 돌고래가 눈앞에 오기를 기다리고 또 기다리는 가족. 모두 설레는 마음에 까치발을 딛고, 와글와글 꺄아꺄아거린다.

그때 아이가 없었던 나는 가족이란 참 힘들겠네, 저렇게 많은 것을 해야 하니, 하는 철없는 생각을 했다. 아이를 가질 예정도 없었기 때문에, 나는 홀가분해서 좋구나, 하고 생각했다. 움직이고 싶을 때 마음대로 움직일 수도 있고.

그런데 시야 한구석에서 나는 어느 모녀를 줄곧 지켜보고 있었다.

피부가 새하얀 엄마는 여배우로 치면 나쓰카와 유이를 닮은 예쁜 사람이었다. 원피스 차림으로 풀사이드에 있던 엄마는 조그만 여자애와 함께였다. 아이는 엄마에게

찰싹 달라붙어 있었고 엄마도 아이에게서 눈을 떼지 않았다.

처음에는 엄마에게 무슨 장애가 있나, 하고 생각했다. 왁자지껄한 풀사이드에서, 그녀들만 고요했기 때문이다. 마치 소리 없는 세계에 있는 것처럼. 그러나 아니었다. 여자애가 말을 건네면, 엄마는 조그만 소리로 대답하며 웃음 지었다. 그러니까 흥분한 주위 사람들에 비해 그곳만 고요한 것은, 그 모녀를 에워싼 전체의 분위기라는 것을 알았다.

그때, 우리 어머니가 옆에서 "저 모녀, 좀 신경이 쓰이네. 아빠가 없나 봐." 하고 말했다.

나도 그렇게 느끼고 있었다.

그 엄마는 늘 슬픈 역만 맡는 나쓰카와 유이와 이미지가 비슷했는데, 그녀가 애처로울 정도로 조용했기 때문이었다. 이렇게 다들 떠들고 웃고 조잘대고 소리치고 있는 하와이의 패밀리형 리조트 호텔 안에서, 모녀는 작은 행복을 잘근거리며 음미하고 있는 듯이 보였다.

아빠가 없는 그 그림에 부러움을 느꼈던 것은 절대 아니다. 다만 보통 가족들이 힘겹고 짜증 나는 일상의 무게 때문에 알게 모르게 잃어버리거나, 소중히 여기지 않게 된 것을 모녀는 갖고 있었다. 그것은 무척이나 아름다운 것이었다. 서로를 바라보는 눈과 눈 속에는 '너밖에 없어, 네가 없어지면 나도 이 세상에 없을 거야.' 하는 굳은 결심이 마치 어떤 맹세처럼 소리 없이 비쳐 있었다.

엄마가 된다는 건, 사실은 저렇게 굉장한 거구나, 하고 나는 생각했다. 주위에 있는 모든 사람들이 음식을 흘렸다느니, 카메라 초점이 잘 안 맞는다느니, 아이스크림을 사 오라느니, 잠들어서 무거워 걸을 수가 없다느니 하기에, 보이지 않았던 것이다.

카이마나힐라

카이마나힐라는 다이아몬드헤드를 뜻한다.

와이키키의 어느 호텔에 있든 바다 쪽 발코니에서 고개를 내밀면, 마치 살아 있는 생물처럼 눈이 마주치는, 늘 우리들을 살며시 내려다보는 그 멋진 산.

시야에 들어오면 기분이 잔잔해지면서 신성한 것이 몸 안에 들어온 듯한 느낌이 든다.

쇼난이나 시즈오카 현 언저리에서 문득 시선을 멀리 돌리면, 원근을 알 수 없는 위치에 봉긋 나타난 후지산이 주변 경치에 녹아들지 않는 것과 분위기가 비슷하다.

훌라를 배우기 시작한 지 얼마 지나지 않아, 쿰이 직접 춤을 가르치고 학생도 모두 젊어 반짝거리던 시절(지금이 반짝이지 않는다는 뜻은 아니지만, 이미 숙련된 탓에 사소한 스텝 하나에도 당황하던 시절의 풋풋함은 없다. 그 대신 모두 실력이 탄탄하게 늘었다!) 전혀 관계없는 사람들과 팀을 이뤄 한 곡을 추고, 그 장면을 비디오로 찍어 함께 보면서 반성하자는 끔찍한 기획이 있었다.

그때, 다소 친해진 리카와 어쩌다 한 팀이 되었다. 재색을 겸비한 리카는 엄청나게 인기가 많아 언제나 많은 사람들에 둘러싸여 있었다. 나는 늘 한 귀퉁이에서, 좋겠다, 친해지고 싶은데, 저렇게 대단한 사람과는 가까워지기가 쉽지 않겠지, 하고 생각했다.

리카의 가장 대단한 점은, 다른 사람 같으면 슬쩍 몸을 비켜 회피할 상황에 처하면 처할수록, 좋아, 나는 다른 사람들과는 다르게 반응해야지, 나는 이렇게 해 봐야지, 하고 불타오르는 그 성격이다.

그때도 마치 10년은 사귀어 온 친한 친구 같은 부드러운 미소로 서툴기 짝이 없는 나를 이끌어 주었다. 시간을 정해 같이 연습도 하는 동안 정말 친해지고 말았다.

"뭘 추지?"

"제일 괜찮은 건 카이마나힐라 아닐까?"

"그래, 그 곡이 그나마 낫지."

"하지만 동작이 아직 완성되지 않아서 엉터리야."

그런 얘기를 하면서, 깔깔 웃으면서, 열심히 연습했다. 서툴고 엉망이었지만, 우리는 웃는 얼굴이었다. 마음에는 다이아몬드헤드를 품고 연습, 또 연습.

결국 한 명 한 명 다 찍으려면 시간이 너무 걸리는 탓에 무산되고 말아 실망이 컸지만, 리카와 내가 마주 잡은 손만은 그대로 남았다.

리카는 집안 사정 때문에 지금은 훌라를 배우고 있지 않다.

리카가 없는 교실은 조금은 허전하고 우울한 느낌이다. 리카의 조금은 격렬하고 섹시하고 탄력 있는 춤을 보면, 모두들 새로운 기운이 솟았다.

허전하지만, 인생에는 여러 시기가 있으니까, 그리고 언제든 만날 수 있으니까, 하면서 꾹 참을 뿐이다.

다 함께 참가하기가 쉽지 않아 처음이자 마지막이 될지도 모르는 하와이에서의 호이케에 리카는 혼자서 여러 곡에 출연하기로 마음먹고, 그 빛나는 환한 미소를 무대에서 마음껏 뿌렸다.

"이왕 가는 하와이, 아무튼 카히코(고전) 곡이든 아우아나(현대) 곡이든 다 발표하니까, 친구가 없는 팀에도 끼어 들어가 아는 곡은 전부 출 거야!" 하는 소리를 들었을 때는 정말 깜짝 놀랐다. 과연 리카, 자신이 결정한 일은 꼭 하고 마는 사람, 하고 생각했다. 무대 밑 카메라석에 억지로 자리잡고 "리카!" 하고 응원을 했더니 "부끄러우니까 저리 가!" 하고 무대 위에서 웃는 얼굴로 말했다. 그때의 리카는 최고로 빛났다.

리허설이 끝나기를 기다리면서, 와이키키셸 앞 잔디밭에서 뒹굴거리며 디지털카메라로 사진을 찍었다. 나와 리카 뒤에는 카이마나힐라가 우뚝 솟아 있었다.

"그때 우리 췄지."

"지금 정말 우리가 하와이에 있네."

"정말 같이 카이마나힐라를 보고 있어."

그렇게 말은 하면서도, 늘 시부야 구에서 춤추던 멤버들이 하와이에 같이 있다는 사실이 영 믿기지 않았다. 카메라 속에 비친 나와 리카 뒤에는 카이마나힐라. 현실감이 너무 없어 마치 합성 사진처럼 보였다.

혼자밖에 없다

몇 번이나 끈질기게 쓰고 있는데…… 몇 년이나 훌라를 배우고 있지만, 전혀 실력이 늘지 않는다.

게다가 허리를 앓은 후로는 되지 않은 동작이 더 많아져, 평생을 지금 수준에서 오락가락하면서 달팽이처럼 조금씩 나아가지 않을까 싶다.

그런데도 슬프지 않아? 그렇게 물으면 슬프긴 하지, 하고 대답한다.

그럼 좀 더 열심히 해야지, 하고 말하면 응, 조금씩, 하고 대꾸한다.

나도 사람이니까, 번쩍거리는 무대에서 멋진 춤을 보여 주는 선생님들을 보면, 같은 인간인데 어쩜 저렇게 잘할 수 있을까, 생각하고, 저렇게 잘 추면 기분이 어떨까, 하고 부럽게 느끼기도 한다.

저런 동작이 가능하면 어떤 기분일까. 저렇게 멋진 몸매로 길거리를 걸어가면, 얼마나 많은 사람들이 돌아볼까.

하지만, 이내 생각을 바꾼다.

무대 위에서 가장 빛나거나 사람들의 이목을 끄는 것은 정말 멋진 일이지만, 그건 따라오는 덤이다. 그녀들은 그 아름다움을 유지하기 위해 생활을 통제하고, 먹고 싶은 것을 마음대로 먹는 일도 절대 없고, 공연이 끝나면 자기 짐을 들고 지친 몸을 이끌고 밤길을 돌아간다. 아침에는 일찍부터 집합해서 분장을 하고, 종일 춥거나 더운 곳에서 대기하는가 하면 움츠리고 싶은 기분일 때도 자세를 꼿꼿하게 해야 하고, 합숙을 할 때면 바닥에서 자고, 밤새워 공부하고, 그러면서도 불평 한 마디 하지 않고…… 동시에 내면까지 갈고닦으며 살아간다. 그러니 춤의 순발력이 그렇게 좋은 것이다.

나도 소설 세계에서는 나름 전문가라서, 똑같은 경험을 하고 있기에 잘 안다.

화려한 회식, 남의 돈으로 외국 여행, 수상식에서는 드레스를 입고 스피치, 많은 사람들에게 선생님 소리를 들으며 주목을 모으고…… 하지만 그런 일은 정말 일부에 지나지 않는다.

나머지 시간은 아픈 허리를 주무르면서 내내 책상 앞에 앉아 있고, 정신을 놓고 있다 보면 소설에 그 표시가 나기 때문에 늘 마음은 대기 상태, 언제든 쓸 수 있는 태세에 있어야 한다. 아침에는 일찍 일어나 꼬맹이 도시락을 싸고, 밤에는 부모님을 문병하러 가고, 집안일을 다 끝낸 후에야 겨우 소설을 쓰기 시작한다. 그런 나날의 반복으로 겨우 책이 나오니 톱 댄서의 생활과 조금도 다르지 않다.

역시 이 세상에 편한 것은 없다.

하지만 그렇기에 인생은 멋진 것이라고 생각한다.

누구나 자기가 톱인 장소에서는(그게 일이든 가족이든 친구이든 연인이든 남편이든 아이든…… 사람에 따라 다르겠지만.) 다 똑같이 힘은 들어도 보기에는 근사하니까. 똑같이 꾹꾹 참고, 할 말을 삼키고, 내가 나를 똑바로 보고 있으니까 괜찮다고 하면서, 그런 매일을 쌓아 간다.

만약 내가 '내 분야에서는 화려하니까, 이쪽에서는 실력이 늘지 않고 수수하더라도 참지 뭐.' 하는 식으로 훌라를 했다면, 오래 계속하지 못했을 것이다.

나는 훌라의 세계에서 나만의 길을 걸어가고 있다. 말만 그럴싸하게 하는 것이 아니라, 정말 나만의 길이다. 거기에는 나만 볼 수 있는 무언가가 있고, 나만 아는 미미한 숙달이 있으며, 좌절이 있다. 수업에 잘 빠지기도 하고, 운동 신경도 없지만, 길은 분명히 있다. 훌라를 하지 않는 사람들은 모르는 하와이의 언어를 알고 노래를 부르고 춤출 수 있다는 조촐한 기쁨을 느끼고 있다. 그리고 나는 훌륭한 댄서와 쿰이 나를 보면 마음을 푹 놓게 되는, 그런 존재이고 싶다. 그런 형태로 교실을 뒷받침하고 싶다.

'그 사람이 왠지 내 춤의 역사를 전부 봐 주고 있는 듯한 기분이 들어.'

그런 말을 들을 수 있는 존재라는 걸 자랑스럽게 생각한다.

자신에게 딱 맞는 역할 속에 자연스럽게 있을 수 있다는 것. 그 안에서 홀로, 늦은 걸음이나마 조금씩 나아가고 있다는 것. 나 자신으로 있을 뿐이라는 것, 그 이상의 행복이 있을까. 소설과 훌라의 현장에서 각기 역할은 다르지만, 나 자신으로 존재하는 것만으로 충분하다.

누가 뭐라든, 이 세상에서 그렇게 할 수 있는 것은 자신뿐이다. 이름이 알려져 있든 그렇지 않든, 어떤 상황에서든 자신을 관철하는 것밖에는 할 수 있는 게 없다.

그런 삶에는 자신과 누군가를 비교해서 부러워하거나, 누군가가 자신을 제대로 알아만 주었다면 이런 상황에 있지 않았을 거라는 생각보다 훨씬 가치 있는 작은 따스함이 있다. 끊임없이 샘솟는 동력이 있다.

약이 올라 질투를 하거나 분노의 힘으로 애를 쓰느라 어깨에 힘이 들어간 사람들의 모습을 보면, 나는 언제나 이렇게 생각한다.

'이리로 와요, 편안하고 새 힘도 솟아요. 얼마나 효율적이라고요.'

신기한 호텔

그 호텔은 와이키키 구석의 이상한 장소에 있다. 카피올라니 공원 바로 근처인데, 멋진 지역 공예품을 파는 아침 시장까지 설렁설렁 걸어 5분 거리였다.

바다까지도 걸어서 3분 거리지만, 조금 외진 곳이라 대도시의 빌딩 뒤에 있는 듯한 느낌이다. 건물이 허술해서 잘 보지 않으면 거기에 호텔이 있는지도 알 수 없다.

그런데 뭐라 말할 수 없을 정도로 위화감이 느껴진다. 여기가 하와이인가 싶을 정도로 감각이 도시적이다.

어슴푸레한 조명이 비치는 로비와 바의 분위기는 그야

말로 뉴욕의 디자이너스 호텔 같다.

커다란 소파도, 기품 있는 천연석 분수 장식(거기에는 그나마 하와이답다 싶은 예쁜 색의 안스리움이 늘 떠 있다.)도, 아침 일찍부터 커피를 테이크 아웃할 수 있는 '스타벅스' 컵처럼 생긴 종이컵도, 바 카운터의 스타일리시한 디자인도 모두 모두 시티 호텔 그 자체다.

일하는 사람들이 하와이 토박이가 아니라 흑인이 많은 것도 하와이치고는 드문 일이라, 그 역시 뉴욕 느낌이다.

인테리어도 정말 스타일리시하다. 이파리 모양의 속이 비쳐 보이는 스탠드, 정사각형 세면대, 심플한 검정과 하양 침대도, 아무튼 세련됐다!

그런데 뭐라고 표현하면 좋을까, 남국의 나른한 분위기가 그 스타일리시함을 점차 침식한 탓에 느슨함과 어중간함과 이것도 저것도 아닌 것이 섞여 들어, 이 세상 어디도 아닌 분위기를 빚어내고 있다.

사방에 모래가 자글거리는 듯하고, 다들 그 세련된 창가에 수영복을 널고, 안이 다 보이는 샤워룸에서 나온 후에도 다들 맨발이고, 짐도 알게 모르게 남국풍이 되는 터라, 점차 하와이의 그림자가 짙어지는 것이다.

게다가 완벽한 디자인의 두툼한 패브릭 소파에 비키니 입은 여자가 튜브를 들고 앉아 있으니, 이쯤 되면 장난으로밖에 여겨지지 않는다.

좁은 바는 아침이면 사람들로 북적거린다. 서서 빵을 먹거나 과일만 들고 벽에 기대어 있는 사람도 있다. 하와이에 와 있는데, 어슴푸레한 간접 조명 아래 일하러 가는 사람들 같은 분위기다. 일본 사람은 거의 없다. 가족 단위로 온 사람들도 거의 없다. 타월이나 비치 매트는 얼마든지 빌려 주지만, 바다가 바로 코앞에 없다. 사람들은 타월과 비치 매트를 옆구리에 끼고 그 작은 뉴욕에서 바다를 향해 걸어간다. 정말 재미있는 그림이다.

아무튼 흥미로워서, 봐도 봐도 질리지 않는다.

방의 창문은 크다고 할 수는 없고 라나이(발코니)도 없지만, 전망만큼은 놀라울 정도로 아름답다. 창문으로는 바다밖에 보이지 않는다. 매번 유리창 한가운데로 지는 해를 볼 수 있다. 뭘 하고 있어도 하얀 돛을 세운 요트가 오가는 광경이 눈에 들어온다.

양옆으로 유명하고 거대한 호텔이 떡하니 자리하고 있다. 창문으로 내려다보면 옆 호텔 수영장이 조그맣게 보인다. 그 작은 크기에도 놀란다. 다섯 명이 한꺼번에 수영하면 좀 거북하지 않을까 싶을 정도다. 그 주위에는 비치 베드가 수도 없이 놓여 있고, 언제나 사람들이 북적거린다. 수영장 크기와 사람 수가 전혀 맞지 않는다.

아침저녁 노점이 서고, 이상하게 색감이 빨간 초롱이 내걸려 동양의 축제 같은 분위기다. 아침저녁으로 그 초롱 아래에서 생음악을 연주하고 훌라까지 보여 준다.

그 뭐라 형용할 수 없는 '1970년대의 바캉스' 같은 분위기의 구성진 풍경을 내려다보면서, 동시에 먼 바다를 바라보는 기분이 신기하게도 나쁘지 않았다.

사실은 취재였고, 사람 수도 그리 많지 않아 과감하게 할레쿨라니 호텔에 묵을까 했다. 그러나 친구의 집이 카피올라니 공원 쪽에 있는 터라 할레쿨라니 호텔에서 걸어가기에는 너무 먼 데다 비싸기도 해서 그 호텔로 정했다. 결혼기념일에나 묵기로 하고, 이번에는 가난한 여행을 즐겨 볼까, 하면서 4박에 할레쿨라니 호텔의 1박치 요금이었던 그 호텔에 묵지 않았다면 이렇게 재미나는 구경거

리를 놓쳤을지도 모른다고……. 아래층에서 들고 온 뜨거운 공짜 커피를 마시면서 여행자 기분을 만끽하다 보니 그런 생각이 절로 들었다.

하나우마베이

긴 언덕길을 내려가 하나우마베이에 가서, 지호와 함께 사람들이 복작복작 스노클링을 하고 있는 바다를 헤치고 나아가 보니, 거기에는 사람이 거의 없었다.

수영도 다이빙도 잘하는 지호는 좀 더 멀리 나가 보겠다고 했지만, 자신이 없었던 나는 그 언저리에서 산책을 하겠노라고 하고서 헤어졌다.

산호가 상당히 많이 죽어 있었지만, 바닷속은 아무튼 물고기들 천지였다. 너무 우글거려 성가실 정도였다.

너무 수가 많아 내쪽이 작게 느껴지고 그들을 방해하고 있는 듯한 느낌이었다.

물고기들 모두 알고 있는 크기의 세 배에서 여섯 배, 자연 보호 구역이라 과연 엄청났다. 보호하는 데다 먹이도 풍부하니 이렇게 크게 자라는 것이다. 지켜 주면 자연은 이렇듯 재생하는 힘을 보여 준다. 그런데도 산호는 죽어 간다. 바다 온도만큼은 바꿀 수 없는 것이다.

하나우마베이 해변은 국립 공원 안에 있기 때문에 유료이다. 바다에 들어가기 전에 강의도 들어야 한다.

물고기를 만져서는 안 된다, 바닷속에 있는 것도 만지면 안 된다, 가져가서도 안 된다, 수영복 차림으로 서서 그런 영화를 본다. 귀찮기는 하지만, 이렇게 지키고 보호하고 있으면서도, 사람의 출입을 허용하는 미국 문화의 너그러움도 동시에 알 수 있다. 만약 일본이었다면 출입 금지 구역으로 지정하든지, 수영하는 사람들이 조금이라도 이상한 행동을 하면 담당 직원이 달려와 주의를 주는 불쾌한 해변이 되었을 것이다. 모르면 보호해야 한다는 마음도 들 수 없을 것이고, 이렇게 굉장한 곳에 들어왔다는 감동이 그 후 그 사람의 행동을 바꾸는 일도 없을 것이다.

실제로 바다에 들어가 보니 만원 전철처럼 물고기가 가득했다.

서로 스치고 지날 때 살과 살이 살짝 닿기도 하고, 같은 물고기와 내내 함께 수영하기도 하고, 눈을 죽 마주치기도 하고, 내 팔찌를 콕콕 입으로 쪼기도 하고, 만지지 않을 수 없는 상황이라 웃음이 나왔다.

발이 닿지 않는 곳에서 물고기들을 가만히 보고 있다 보니, 저녁때가 다가오면서 점점 파도가 심해지고, 바닷속에서도 조류가 생겨나 몸이 이리저리 흔들렸다. 내가 가만히 보고 있었던, 해조를 쪼고 있던 물고기들도 파도가 올 때마다 나와 함께 출렁 밀려갔다가, 밀려간 곳에서 같은 멤버들끼리 해조를 쪼았다. 나 역시 밀려가 같은 멤버를 쳐다보았다.

그러기를 몇 번이나 반복했더니, 이렇게 그들과 함께 언제까지 있을 수 있겠다는 기분이 들었다. 그곳에 녹아들 것만 같은. 하느님이 인간을 바라볼 때, 이런 기분일까.

위에서 내려다보는 것이 아니라, 녹아 있는 것처럼 평등한 느낌.

내가 할 수 있는 것을 그대들도 할 수 있고, 서로 다른 장소에 살고 있지만, 똑같이 생명을 지니고 있지, 그런 한없이 존경에 가까운 존중심이 넘쳐 흐르는 느낌.

그렇게 바닷속 풍경에 열중하고 있었더니 점차 손가락이 쪼글쪼글해지고 몸이 차갑고 저려 와, 이제 슬슬 돌아가라는 신호인가, 하고 물고기들과 헤어졌다. 다들 가능한 한 멋진 물고기의 생애를! 그렇게 생각하면서. 대화를 나눌 수는 없으니, 말없이 헤어졌다. 물고기 입장에서는 뭐였지, 저 커다랗고 못생긴 건, 하는 느낌이었겠지만.

지호가 좀처럼 돌아오지 않아, 일단은 발이 닿는 곳에 가서 잠시 기다려야겠다고 생각하고서 힘차게 발을 저어 겨우 발 닿는 곳에서 얼굴을 내밀었더니, 뒤에서 지호가 싱글거리며 헤엄쳐 왔다.

한참에 보는 사람이지만, 왠지 말이 필요 없다는 느낌이라고 생각했다.

물고기를 계속 쫓아다닐 때 기분은, 하늘 높이 올라가 거의 보이지 않지만 그 연이 존재한다는 사실만큼은 손에 잡고 있는 줄을 휙휙 잡아당기는 바람의 힘으로 알고 있을 때 같다. 다른 세계의 경계와 살짝 접하고는 아스라한 기분으로, 이거 현실일까, 하면서 멍해지고 만다.

사람의 웃는 얼굴이 나를 제자리로 돌려놓는다. 지호가 신나게 먼 바다 얘기를 한다. 둘이 나란히 느긋하게 헤엄쳐 돌아왔다.

카피올라니 공원을 지나

지호와는 그리 자주 같이 있을 수 없다.

지호가 오아후에 살기 때문만은 아닐 것이다.

도쿄에 있을 때에도 피차 바쁘니까 가끔 만나 술을 마시는 정도였다.

실제로 그녀가 하와이로 가기 전에는 그런 식이었다.

하지만 기분은 늘 소꿉친구 같다. 오늘 이런 일이 있었거든, 좀 들어 봐, 하면서 매일 밤 같이 한잔하는 느낌으로 언제나 옆에 있는 것 같다.

하지만 언제나 옆에 있다고 생각하는 것과 실제로 그런 것과는 역시 다르다.

이런 때는 얼굴을 볼 수 있으면 좋겠는데, 하고 가끔 생각할 때, 스카이프나 이메일이 있기는 하지만 두 사람이 사는 시간대가 다르다. 그것이 바로 떨어져 있다는 것.

와이키키에서 어느 오후, 요가를 마친 지호가 자전거를 타고 호텔로 찾아왔다. 호텔의 아침 식사와 주스와 커피를 몰래 지호가 있는 로비로 들고 나가 다 같이 먹고 마시고는 느긋하게 길을 걸어 'DFS' 옆에 있는 '지니어스 아웃피터스'까지 갔다. 그 가게가 생긴 후로 다들 그곳을 추천하기에 이번에야말로 가 보려고 했다.

과연 그 가게는 보물 상자 같았다. 내게 맞는 것도 있고, 귀여운 에코백도 사은품으로 주고, 여자들은 눈이 돌아갈 만한 곳이었다.

다 함께 유유자적 옷을 고르고, 귀여운 소품을 보면서 이게 잘 어울리는데, 이게 좋지 않겠어, 하면서 마치 학생 시절로 돌아간 것처럼 시간을 보냈다. 학생이고, 장소는 도쿄, 시간이 남아 돌아가 따분해하는 것처럼 호사스러운 시간. 정작 그런 일을 하고 있을 때에는 절대 깨닫지 못하는, 마법의 여유.

지호는 내게 예쁜 티셔츠를 선물해 주었다.

그 후 나는 알라모아나에 가야 해서, 지호가 잡아 준 택시를 타고 손을 흔들며 헤어지고 나서야, 참 지호는 걸어가야 하는구나, 자전거 있는 데까지 데려다줄걸, 하고 후회했지만, 다시 만날 수 있어 안심했다.

그렇게 손을 흔들고 헤어질 때는 서로가 다른 나라로 돌아갈 때다.

하지만 이번에는 다르다. 공간이 좍 찢어지는 듯한 느낌이 그때는 없었다.

또 보자, 응, 다음에.

이 말이 온 세계에서 '안녕, 잘 가.'라는 말만큼이나 금방 배울 수 있는 말이라는 것에도 의미가 있다고 생각했다.

하와이에서는 그토록 아름다운 하나우마베이에도 갔고, 호화로운 스테이크도 신나게 먹었고, 중후하게 새로 단장한 비숍 뮤지엄에도 갔다.

그런데도 가장 기억에 남는 장면은 우리 스태프 둘과

꼬맹이와 넷이 카피올라니 공원을 지나 지호네 집까지 걸어갔던 일이다.

열심히 지도를 보면서, 조금은 불안했던, 뜨끈한 바람 부는 밤길. 나무들은 사락사락 흔들리고 풀 향기가 났다.

갑자기 예쁜 건물들이 줄줄이 나타났고, 그 창문에는 거기 사는 사람들의 평화로운 저녁 한때의 분위기가 비쳐 있었다. 음악이 흐르고, 요리하는 소리도 나고, 애기 소리도 들리고. 여기는 호텔에 묵는 곳이 아니고, 해수욕을 하는 곳도 아닌, 사람들이 사는 섬이구나, 처음 그렇게 생각했다.

지호네 집에서 볼륨감 넘치는 샤브샤브를 먹으면서 지호의 남자 친구가 오기를 기다렸던 그 시간의 행복함.

물론 그곳은 하와이였고, 지호가 그곳에 이사한 후로 처음 찾아간 집이었지만, 어떤 장소에 있든, 이렇게 만날 때는 언제나 똑같은 것 같았다.

전에 살던 집은 주인이 소리에 유난히 예민해서, 요리를 할 때도 살금살금, 음악도 조그맣게, 마치 감옥에 있는 것처럼 살았던 지호가 지금 새 집에서는 문을 활짝 열어 놓고 음악을 들으면서 행복하게 사는 모습을 보는 것만으로도 배가 불러 올 만큼 기뻤다.

하나

정작 나는 아무 애도 쓰지 않았는데, 너그럽게 품어 주는 듯한 느낌.

하와이는 그런 섬이었다.

처음부터 친근하게 뭐든 다 보여 줄게, 하고 말하는 것처럼.

아주 거룩하고 위대한 우리 나라 어느 신이 '우리 애가 그쪽으로 놀러 갈 거예요, 잘 좀 돌봐 주세요.' 하고 마우이의 높은 신에게 부탁해 준 덕분에, 있는 내내 자애로운 어떤 힘에 푸근하게 안겨 있는 기분이었다.

별로 관계없는 일일 수도 있는데, 내가 어렸을 때 우리 부모님이 이즈의 도이 온천이라는 곳을 무척 좋아해, 해마다 여름이면 그곳에 다녀왔다.

그 동네에는 전철역이 없어, 버스를 타든지 슈젠지에서 택시를 타야 했다. 게다가 당시에는 고속도로도 없어 산을 넘어가야 했다. 꼬불꼬불한 산길을 가느라 차멀미를 할 때마다, 왜 이렇게 힘든 산골짝에 가는 거야, 아타미 같은 데면 어때서, 훨씬 편하게 갈 수 있는데, 하고 어린 마음에 생각했다.

그러나 산을 넘고 전차를 몇 번이나 갈아타야 갈 수 있을 만큼 접근하기 어려운 장소에는 언제나 특별한 것이 숨어 있다.

그 고장과 관계된 사람 아니면, 가고자 굳게 마음을 먹어야 갈 수 있었던 그 시절의 도이는 반짝거리는 보물 같은 장소였다. 바다에 들어가면 무수한 물고기와 오징어가 있었고, 조그만 상어까지 바로 코앞에서 볼 수 있었다. 닭새우와 전복도 있었다. 산호도 살아 있었고, 그저 물에 얼굴을 갖다 대기만 해도 거기에는 살아 있는 것들이 복작거렸다.

그 장소를 체험할 수 있었던 것은 내 인생에 큰 선물이었다고, 지금은 부모님에게 감사하고 있다.

마우이의 하나라는 곳은 바로 그런 곳이었다.

도착한 시간이 이미 저녁때였는데, 캄캄하고 구불구불한 산길을 몇 시간이나 차를 타고 가야 했다. 비행기에서 막 내린 터라 잠은 쏟아지는데 밖은 캄캄하고, 창문을 조금 열면 소스라칠 만큼 무성한 숲의 기척이 밀려오고, 꿈처럼 신비로운 여행이었다.

잠들지 않게 노래를 부르고, 창문을 활짝 열어 놓고, 잠시 쉬기도 하면서 필사적인 심정으로 숙소에 도착했다. 그리고 각자의 방에 들어가 쓰러지듯 잠들었다.

시차 때문에 이상한 시간에 눈을 뜨고 말았다. 물을 마시고 거실로 나와 보니, 때마침 태양이 올라오고 있었다. 눈앞은 바다였다. 그것도 호텔에 딸린 해변 같은 바다가 아니다. 그냥 시골 바다. 그저 거기에 있는, 있는 그대로의 멋진 바다.

많은 사람들이 이른 아침의 바다를 산책하고 있었다.

산책하는 그들 모습이 리조트 호텔에 묵으면서 그 분위기를 만끽하려는 사람들과는 조금 다르게 보였다. 아, 바다다, 일단은 좀 걸어 볼까, 하는 자연스러운 느낌이다.

창문을 열자 시원한 공기와 함께 유난히 눈부신 햇살이 들어왔다.

하루의 시작에 다양한 색을 입힌 사람들의 마음과는 무관하게 자연은 살아 있다, 그런 생각이 들었다.

그 느낌은 그리운 이즈의 바다, 두 번 다시 돌아오지 않을 생명으로 와글거렸던 바닷물의 냄새. 누군가 소유하면 소유할수록 사라져 갔던 비밀로 가득했던 기척.

시대는 이미 바뀌었다. 이즈 어디를 가도 그 시절 같은 시골 바다는 없다. 그렇게 살아 있는 것들로 넘치던 장소도 이미 없다. 그런데도 내 몸의 세포 하나하나는, 오래전에 교체되어 기억하지 못할 텐데도, 큰 소리로 이렇게 외치고 있었다. 이런 느낌 잘 알아. 아, 그립다.

그것은 같은 장소에 가서 같은 냄새를 맡지 않고는 절대 되살아나지 않는 느낌이었다.

나는 마치 소녀 시절로 돌아간 것처럼 그리운 마음으로 거기 앉았다.

시간을 거슬러 올라가, 나는 어린 시절 세계에 가득했던 농밀한 분위기 속에서 몸을 쉬었다. 그래, 어린 시절에는 이렇게 공기에서 에너지를 얻을 수 있었지, 그런 느낌을 생생하게 떠올렸다.

빨래와 밥

눈앞에 광활하게 펼쳐지는 아름다운 바다를 보고, 용소를 가득 채운 시원하고 맑은 물에 발을 담그고, 한들거리는 야자수 잎 아래에서 낮잠을 자고, 타오르는 저녁노을을 향해 차를 몰고, 바다에서 떠오르는 멋진 아침 해를 바라보았다.

아니, 그 전부가 마음속 샘을 찰랑찰랑 채웠기에, 그 안에서 일상을 보낼 수 있었다는 기쁨이 이렇듯 짙게 남아 있는 것이리라.

마우이 섬에는 파이아라는 조그만 마을이 있다.

서퍼와 히피들이 많이 사는 곳으로, 아담하고 예술적인 가게와 귀여운 가게, 각국 음식점이 빼곡하게 들어서 있어, 언제나 복작거린다. 그리고 그곳에는 아주 유명한 자연식 슈퍼마켓 '마나 푸즈'가 있다. 재미있어서, 이번 여행에서도 두 번이나 다녀왔다. 온갖 유기농 식품과 음료, 샴푸, 화장품, 세제 등이 진열돼 있어, 그냥 있기만 해도 즐겁다. 요가와 바디 워크에 관한 게시판을 찬찬히 읽다 보면, 자신이 마치 여기에 살고 있고, 늘 이곳으로 쇼핑을 하러 오고, 그런 여가 활동에 언제든 참가할 수 있을 듯한 행복한 착각이 느껴졌다.

맛난 음식을 좋아하는 우리 일행은 하나에서 키헤이의 콘도로 이동한 덕분에, 부엌이 생긴 순간 그곳에 들러 새우와 피자, 채소, 흰살 생선을 샀다. 물건을 고르는 중에도 정말 신이 났다. 꼬맹이가 이것도 저것도 다 먹고 싶다고 해서, 최대한 거기에 맞춰 생선을 위주로 한 메뉴를 고민했다.

돌아오는 길에는 콘도 안에 있는 슈퍼마켓에도 들러 맥주를 한 아름 샀다.

마우이 지역의 맥주는 여러 가지 이유에서 전부 캔에 들어 있다. 바이젠도 앰버도 무척 맛있고, 캔도 귀여웠다.

방에 들어와 맥주를 냉장고에 집어넣고 나는 같이 여행하던 준과 함께 빨래를 하러 갔다. 빨랫감이 든 주머니를 들고 콘도 복도를 어슬렁 걸어, 세탁기가 있는 장소에 가서 열려 있는지를 확인하고, 모두의 빨래를 한꺼번에 쑤셔 넣고는, 받아온 전용 코인과 세제를 넣은 다음, 빨래가 끝나기를 기다렸다가 건조기에 옮기면 끝.

방으로 돌아와 빨래가 끝나기를 기다리면서 맥주를 마셨다. 생일이 머지 않은 친구들에게 카드를 썼다.

그 카드는 내가 낮에 마카와오라는 조그만 마을의 갤러리에서 사 온, 그 고장 아티스트의 것이었다. 각자에게 어떤 카드가 어울릴지 둘이서 골랐다.

꼬맹이도 일러스트를 그렸다. 조잘조잘 수다를 떨기도 하면서 아무튼 천천히 그렸다. 그러고 있는 동안에도 시간은 해거름에서 밤을 향해 움직였고, 하루의 끝이 보이기 시작했다.

오늘 본 아름다운 경치와 어제까지의 기억으로 벅차

는 가슴, 각자 일거리를 나눠 다 같이 저녁을 준비하기 시작했다.

전채는 새우 마늘 기름 볶음, 샐러드와 호박 치즈 구이, 새우 쌀과자, 포테이토칩, 유기농 냉동 피자.

메인 디시는 오렌지 소스 흰살 생선 소테.

그것을 만들고 먹는 도중에 빨래를 가지러 갔다. 꼬맹이도 팔을 걷어붙이고 거들었다. 모두의 옷이 보송보송 깨끗하게 따뜻하게 돌아왔다. 배도 넉넉하게 불렀다. 모두 함께 아이패드에 담긴 여행 사진을 슬라이드쇼로 보면서 지금까지 있었던 일을 얘기했다.

그러나 그것은 여행 중에 하는 생활 놀이에 지나지 않으리라.

평소, 일상에 쫓기면서 하는 빨래와 저녁 준비와는 전혀 다르다. 낮 동안의 다양한 경험이 시간을 풍성하게 해 주었기에, 지금이 여행 중인 시간이라는 것을 알기에, 모든 행동이 의미를 갖는다.

하지만, 그런 경험이 밋밋해지기 쉬운 도쿄의 생활에 조금씩 파고드는 것 같아, 나는 일정이 일주일 이상인 여행에서는 콘도 쪽을 선택한다. 저녁때 드레스를 차려입고 디너에 참석하는 것도 멋진 일이지만, 그것은 몇 번이면 족하다. 지금이 아니면 살 수 없는 그 장소에서 보내는 일상이 때로 엄청난 경치에 필적하는 추억이 되니까.

어느 날의 우산

힐로의 비는 무척이나 자애롭다.

촉촉하게 내리면서 거리를 폭 감싸는 느낌이다.

관광으로 허둥대던 마음이 갑자기 일상으로 돌아온다.

소리 없이 내리는 비가 소박한 거리를 감싸 안는다.

나무들이 젖고 사람들도 젖는다. 바다에서 비가 내린다. 줄지어 서 있는 반얀트리도 점차 매끄러움을 더해 간다.

그 느낌이 뭔지는 잘 알고 있다. 예전의 일본이다. 언제부터 도쿄의 비는 그렇게 무미건조해졌을까. 비는 원래 풍요로운 정서를 품고 있는 것인데. 그저 서두르고만 있으면 비는 성가신 것에 지나지 않는다.

두 번째 갔을 때, 우산이 없는 나를 위해 소중한 두 친구가 슈퍼마켓으로 뛰어가 큼지막한 접이식 우산을 사다 주었다. 그 무겁고 불편한 우산이 왠지 따스하게 느껴져, 일본에서도 오래 사용했다. 다들 그 크기에 어리둥절 놀라, 대체 어디서 산 거야, 물었지만, 나는 그 우산을 쓸 때마다 그날, 비를 맞으며 뛰어가 주었던 친구들이 떠올라 마음이 환해진다.

일본에 대형 지진이 발생, 방사능이 대기 중에 유출되어 가급적 밖에 나가지 않아야 하는 상황에서, 꼬맹이와 나는 밖에 나갔다. 사람들이 쌀을 사재기하는 바람에 살 수 없어, 동네 아저씨들에게 주먹밥을 제공하기로 한 것이다. 목표가 분명한 그런 일이면, 걸리는 시간도 짧으니까 별일 없을 것이라고 생각했다.

휴교령이 내려 에너지가 남아 돌아가는 꼬맹이가 집에만 박혀 있는 것도 거의 한계였다. 마스크를 쓰고 비옷을 입고, 돌아오면 전부 벗고 씻고 닦을 각오로 나와 꼬맹이는 밖에 나갔다.

밖에는 사람이 거의 없었다. 마치 40년 전 거리 풍경 같았다.

꼬맹이와 손을 꼭 잡고 빗속을 걸었다. 이제 우리 여기서 살아갈 수나 있을까? 그럴 정도로 위험한 시기였다. 우리는 어떻게 되는 걸까. 무섭네, 그런 얘기를 나누면서.

그 커다란 우산을 쓰고, 동네 가게에서 점심을 먹었다.

평소에는 늘 바삐 휴대 전화를 들여다보고, 갈 곳이 없어 서성거리는 도쿄 사람들이 모두 여유로운 표정으로 친구와 연인과 밥을 먹고 있었다. 사람들의 표정에서 언제 만날 수 있을지 몰랐는데, 만나서 다행이다, 그런 마음이 묻어났다. 늘 북적거리는 가게인데 마침 적당히 비어 있어서, 가게 사람도 느긋했다.

모두들 왠지, 어떤 자각에 이른 것 같았다.

그런 큰일이라도 있어야 눈을 뜨다니, 무슨 세상이 이래.

그런 생각도 들었지만, 사람들의 부드러운 표정과 비를 보고 있었더니 마음이 누그러졌다.

마음껏 비에 젖고, 화창하게 갠 날에는 빨래를 널어

뽀송뽀송해진 옷에 얼굴을 묻고, 반짝거리는 숲 속을 걸으면서 심호흡을 하고, 잔디에 누워 데굴데굴 구르고, 그 언저리에 돋아 있는 먹을 수 있는 풀을 뜯어 샐러드를 만들고, 바닷속에 들어가 성게를 캐다 먹는 일, 그것은 우리에게 주어진 최상의 기쁨, 신의 선물이다.

그럴 수 없는, 모든 것이 오염된 날들을 우리는 지금 보내고 있다.

잘못된 일이다, 하지만 역사는 앞으로밖에 나아가지 않는다. 옛날로 돌아가 소박하게 생활하는 것은, 불가능하다. 컴퓨터가 없으면 친구에게 연락도 할 수 없다. 비행기가 없으면 하와이에도 갈 수 없다.

이상론을 내세우지 말고, 문제 하나하나에 대책을 마련하고, 매일을 성실하게 주의하며 살 수밖에 없다. 있는 힘을 다해.

그리고 인류는 뒤를 돌아보는 대신, 미래를 위해 좋은 것을 쌓아 가는 길밖에 없을 것이다.

그런 것밖에 할 수 없지만, 곤경이 밀어닥치고 희망을 잃어 갈 때 나는 떠올린다.

그날, 촉촉하게 젖은 힐로의 거리 같던 도쿄의 거리를

여유롭게 바라보았던 것. 오랜만에 밖에 나가, 위험한 비였지만 그래도 비를 볼 수 있어 기뻤던 것. 사람들의 얼굴이 무척이나 아름다웠던 것.

그것만이 희망이다.

천국

지호가 어쩌면 8월 말 오아후를 떠날지도 모른다는 소식을 듣고서, 그전에 어떻게든 가야겠다고 생각했다. 지호는 물론 앞으로도 하와이와 관계를 이어 갈 테니까 언젠가 하와이에서 만날 수 있을 것이다. 하지만 하와이에 살고 있는 지호를 만날 수 있는 것은 어쩌면 이번이 마지막일지도 몰랐다.

누군가가 현지에 살고 있으면, 여행은 무척 행복해진다.

운전을 해 주거나, 현지를 안내해 주는 그런 하찮은 이유 때문이 아니다. 사는 사람의 기분으로 거리를 걸을 수 있는 행복을 조금은 공유할 수 있으니 그렇다.

얼마 전 내가 사는 동네 시모키타자와에 조금 멀리 사는 지인이 놀러 왔다.

어떤 곳에 가고 싶으냐고 물었더니, 평소에 내가 잘 가지 않는 가게를 말하기에, 그런 잡화점을 같이 돌아다녔다. 비가 내리고 짐도 무겁고, 꼬맹이도 데리고 있었지만, 그녀의 눈을 통해 보는 시모키타자와는 무척이나 신선했다. 그리고 자신이 생각하는 것보다 늘 뻔한 하루하루를 보내고 있다는 것에 놀랐다. 순서와 장소를 조금만 바꿔도, 그 동네를 모르는 여행자와 함께 있는 것만으로도, 모든 것이 조금씩 다른 새로운 풍경으로 보인다.

대신 나는 익숙한 분위기를 전할 수 있다. 거기에 사는 사람과 걸으면 틀림이 없고 안전하다는 기분. 여행자도 현지인도 서로가 행복해지는 그 느낌.

그 여행은, 지호가 거기 사는 동안 어떻게든 가 보자, 이 일정이면 오아후에 갈 수 있겠다는 논과 목요일 밤에 만나 출발해서 일요일 밤에 돌아오는 강행군이었다.

그냥 피곤하지만 않을까 했는데, 다채롭고 행복한 여

행이었다.

조금 전까지 비 때문에 눅눅한 도쿄에 있었는데, 한숨 푹 자고 일어났더니 햇살이 찬란하고 더운 오아후였다. 허둥대다 뛰어간 탓인지 비행기에서 곤하게 잠이 들어, 시차에서 오는 불편함도 거의 없었다. 도착한 날 바로 논이 추천한 가게, 그 고장 사람들밖에 모르는 아히포키(참다랑어 절임) 집에 가서 아히포키 한 아름과 로미로미 연어를 사서 탄탈러스 언덕 위로 산책을 갔다.

타월과 시트를 풀밭에 펼치고, 지호와 그녀의 연인 미코와 논과 우리 꼬맹이 그렇게 다섯이서 누워 뒹굴며 전리품을 먹고, 아름답게 빛나는 저 아래 세상을 바라보았더니, 모든 것이 꿈만 같았다.

조금 전까지 우리는 장마철이라 비 내리는 눅눅한 도쿄에 있었는데, 지금은 어쩌면 이렇게 아름다운 곳에 있는 것일까?

그리고 곰곰 생각해 보니, 작년에는 논과 이렇게 같이 오지 않았다. 대화를 나눈 적조차 그리 많지 않았던 것 같다. 그런데 갑자기 친해졌다. 그리고 지금은 함께 하와이에 있다.

미코는 원래는 폴란드 사람이기 때문에, 다른 건 몰라도 참다랑어를 먹을 확률은 거의 없다. 그런데 그와 나는 일본말로 웃고 떠들고 있다.

지호도 그날 신주쿠 니초메의 술집에서, 남편을 잃은 괴로운 심정을 처음 보는 내게 절절하게 얘기하지 않았다면, 그렇게 친해지지 못했을 것이다.

그리고 좀 더 확대해서 생각하면, 나와 꼬맹이는 어떤 인연으로 이렇게 만나게 되었을까?

꼬맹이는 내가 엄마가 될 것을 알고 이 세상에 나왔을까?

만약 다른 아이였다면 이렇게 좋아할 수 있었을까? 전에 사귀었던 사람의 아이였다면, 나와 꼬맹이는 이렇게 들러붙어 누워 있었을까?

많은 일들이 너무도 오묘해서 가슴이 메었다.

언젠가 대담을 하면서 에하라 히로유키 씨가 이런 말을 했다.

"하와이는 정말 천국과 비슷하더군요. 그 바람과 햇빛의 느낌이. 그래서 다들 하와이에 가면 천국 같다고 하는

데, 사실은 그 반대가 아닐까요. 천국이 하와이 같을 겁니다. 사람들은 천국을 기억하고 있는 거죠."

언덕 위로 부는 세찬 바람은 시원하고, 햇살이 비치는 풀 향기는 싱그럽고, 구름의 그림자가 지상을 천천히 움직였다.

오아후라서 빌딩도 많이 보이지만, 눈길을 어디로 돌려도 바다와 하늘과 녹음으로 가득했다. 이 세상에 있는 짧은 동안에 한때를 함께한 우리들은 국적도 나이도 환경도 뛰어넘어 다섯의 힘을 합하고 또 나누었다.

좋아해

사랑은 논리가 아니다.

내가 처음 훌라 교실에 등록했을 때, 정말 아무것도 못 하는 나를 보다 못한 쿰이 "구리 씨, 바나나 씨 앞에서 줘요." 하고 말했다.

그 커다랗고 예쁘고 귀엽고 조용한 아가씨는 "네." 하고서 내게 방긋 미소를 보이고는, 아름다운 카호로 스텝을 내게 보여 주기 위해 정성스럽게 동작을 밟았다.

그녀는 나중에 푸나헬레(정말 좋아한다, 사랑스럽다, 마음에 든다는 뜻이다.)라는 하와이안 네임을 쿰에게 받았는데, 그때는 '구리 씨, 구리 선생님'이었다. 그녀도 그때는 아직 젊었던 것이다.

아기 새가 처음 본 움직이는 것을 어미라고 생각하듯이, 나는 그 순간부터 그녀의 움직임 전부와 사랑에 빠졌다. 그것이 나의 훌라라고, 지금은 단언할 수 있다.

운명적인 만남이었다. 내가 가장 좋아하는 얼굴과 몸매로 춤을 추는 사람이, 그날 우연히 내 앞에서 훌라의 첫 스텝을 밟아 준 것이다.

만약 그때 다른 사람이 내 앞에 섰다면, 나는 지금 어디에 있을까. 그건 아무도 알 수 없지만, 아마 나는 훌라를 계속하지 못했을 것이다.

신이 선택한 만남은, 언제든 선택할 수 있는 것이 아니어서, 속전속결로 일어난다.

멋진 댄서는 수도 없이 보았다. 모두 서로 다른 대단함을 갖고 있다. 그만둔 사람을 포함해서 내 눈에는 그들의 멋진 춤이 새겨져 있다.

그럼에도 바로 가까이에 언제나 푸나헬레 씨가 있었다.

정말 훌륭한 댄서는 사람에게 보이는 것은 물론, 신에게 보이는 것에도 익숙하다. 그 시선을 감내할 수 있는 것이다. 감내하고, 받아들이고, 세계에 그 빛을 돌려준다.

나와 푸나헬레 씨는 몇 마디 말만 나누고도 만족하기 때문에 거의 대화를 하지 않는다. 메일도 어쩌다 한 번 주고받는다.

나는 풋내기라서 함께 무대에 서는 일은 평생 없을 것이다.

그래도 전해진다는 것을 안다. 내가 그녀를 무척 존경한다는 것, 그리고 무엇과도 바꿀 수 없으리만큼 사랑하고 응원하고 있다는 것. 나는 그녀 뒤에서 거의 매주, 8년이나 춤을 추었다. 그러니 많은 말을 동원해 대화를 나누는 것보다 서로를 잘 아는 부분이 있다.

그렇다는 것을 알면, 말이란 중요하지 않다는 마음이 들기도 한다.

누군가를 이렇게 신뢰한 적이 있을까? 생각해 본다.

몸이 안 좋았을 때, 하와이에 대한 소설은 다 썼는데도 일은 바쁘고 춤은 늘지 않아 '어쩌면 나는 훌라를 그만두고 객석에서 응원이나 하는 편이 좋지 않을까.' 하고

딱 한 번 생각한 적이 있다.

그리고 그런 생각을 몇 줄 "취재 기간은 끝났는데, 훌라는 어떻게 하지." 하는 식으로 일기에 올린 적이 있었다.

그랬더니 푸나헬레 씨에게서 짧은 메일이 왔다.

"지금까지 수많은 이별, 슬픔을 체험해 왔습니다. 오렌지색 티셔츠를 입고 춤추는 바나나 씨 모습을 무척 좋아합니다."

딱 그렇게만 쓴 말 속에 얼마나 많은 생각이 담겨 있는지, 이렇게 형편없는 학생을 얼마나 아껴 주고 있는지를 고스란히 알 수 있었다.

그만두는 것은 간단한 일이다. 하지만 그만두면 유일한 쿰 샌디를 쿰이라 부를 수 없게 된다. 그 멋진 노랫소리와 함께 춤을 출 수도 없게 된다.

푸나헬레 씨에게 훌라를 배울 수도 없고, 그 아름다운 자태 뒤에서 춤출 수도 없다.

그래서 나는 훌라로 돌아갔다. 그러고는 취재 기간 때보다 훨씬 성실하게 훌라를 배웠던 것 같다.

우리는 왜 만났을까, 이 짧은 인생, 이 조그만 지구 위에서.

아마도 사랑을 위해서일 것이다.

최근에 푸나헬레 씨의 춤을 보았는데, 뭔가가 한층 무르익어 한 단계 앞으로 나아가려는 것을 느꼈다.

나는 작가이니 그런 것을 머리로 포착하는 경향이 있는데, 그것은 몸의 힘이다. 마음이 느끼는 것을 충실하게 표현하기 위해 푸나헬레 씨의 근육 하나하나가 술렁거리는 순간이 있다. 그녀가 마음으로 바람과 무지개를 그리면, 그 이미지를 향해 온몸의 세포가 살며시, 그러나 모두 움직이기 시작한다.

그런 순간을 보면 자신의 춤이 틀만 갖췄을 뿐 얼마나 허술한지 알 수 있는데, 조금도 슬프지 않다. 내 몸이 그 근처에 있을 수 있어 기뻐하는 것을 알기 때문이다.

몸이란 이렇게 현명하구나, 그리고 무한한 가능성을 품고 있구나. 그렇게 생각한다.

나는 눈에 띄지 않는 조그만 새가 되어, 오래도록 그녀와 함께 춤추고 싶다, 하루라도 더 오래.

그렇게 생각하면 정말 행복하다. 싱글벙글 웃을 수 있다.

하와이에서 얻은 것

하와이, 원래는 하와이이라는 이름의 그 섬에 대해서 때로 생각한다.

그때, 처음 하와이에 가서 아이를 잉태했을 때부터. 아니, 좀 더 옛날로 거슬러 올라가, 쿰 훌라 샌디의 할라우에 불쑥 쳐들어가 취재를 했을 때부터. 그리고 역시 친구인 지호가 어느 날 갑자기 하와이에서 생활하기 시작했을 때부터.

운명은 나를 하와이로 불렀구나, 하고.

마흔 살을 앞두고, 느닷없이 사랑에 빠졌다. 하와이와.

그때까지 내 안에 잠들어 있던 하나의 길, 하나의 역사가 그곳에서 새로이 열렸다.

그리고 그다음이 중요하다. 한 번씩 다른 형태로 그 땅을 밟을 때마다 인연이 깊어졌다. 좋은 곳만 본 것은 아니고, 많은 곳을 다양하게 봤다. 이상하고 더러운 곳도 봤고, 탐탁지 않은 사람들도 만났다. 사악한 장소도 낙엽만 쌓인 황량한 장소도 봤다.

그런데도 깊어졌다. 온갖 경치와 온갖 날씨의 그 섬들. 그 여행은 앞으로도 계속될 것 같다.

오랜 시간을 들인다는 것이 얼마나 중요한 일인지, 말로 다할 수 없을 정도다.

잊지 못한다. 열아홉 살 때, 쿰이 아직 록 가수였던 무렵, 훗날 쿰 훌라가 될 샌디 씨가 노래하는 「스티키 뮤직」이란 곡을 들었을 때, 조금도 슬픈 곡이 아닌데 하염없이 눈물이 흘렀다. 자신도 알 수 없었다, 호소노 하루오미 씨가 작곡한 멋진 곡을 그 아름다운 목소리로 노래하는 이 사람의 뭐가 그렇듯 마음에 와 닿았는지. 영어 과제에 이 곡을 인용했을 만큼 좋아했다.

버스 안에서, 전날 밤 녹음한 갖가지 음악이 담긴 워크맨으로 그녀의 목소리가 불쑥 내 머리에 울려 퍼지던 순간을 잊지 못한다.

그 후에도 '샌디 앤드 선셋'을 두고두고 들었지만, 라이브에 간 적은 어째서인지 한 번도 없었다. 친구의 라이브 콘서트에서 간혹 객석에 앉아 있는 샌디 씨를 보면 가슴이 두근거렸다.

훌라를 시작하기 직전, 당시 남자 친구가 일하던 자동차 가게에 샌디 씨가 왔다는 얘기를 들었을 때, 나는 순간적으로 허둥댔다. 그 반응을 뭐라 하면 좋을지 모르겠다. 자신의 몸속에 멈춰 있던 시계가 갑자기 시간을 새기기 시작한 듯한 느낌이었다. 빨리 어떻게 해야 하는데, 지금 당장 어떻게든 해야 하는데, 그런 느낌이었다.

그리고 하와이에 대해 쓰자고 결정했을 때, 나는 샌디 씨에게 곧장 달려갔다. 훌라를 너무도 못 추는 데다 왜 배우려는지 동기도 알 수 없어 당황하며 나를 의심했던 쿰도 나의 순진함과 바보스러움에 이내 마음의 문을 열어 주었다. 아, 이때를 위해서 내가 그때 그렇게 울었던 거구나, 하고 나는 그제야 이해하고 후련해졌다.

나이를 먹어 가면서 쿰은 더욱 빛났다. 그리고 왜인지는 모르겠지만 쿰이 목소리를 내면 음표가 반짝거리며 나온다. 가만히 눈을 들여다보고는 사람의 마음을 다 알아버리는 신비한 여자. 아무리 답답한 자리에서도, 그녀가 무대가 올라 노래하기 시작하면 신기한 마법이 작용한다. 그 자리가 깨끗해진다. 그 기적을 뭐라 부르면 좋을까.

그 목소리와 함께 춤추는 것만이 나의 훌라이다.

내 두 번째 인생은 그렇게 하와이에서 시작되었다.

이제 이 글도 마지막, 여기까지가 나와 하와이의 이야기다.

취재니까, 취재가 끝났으니까, 안녕. 이 한 곡만 출게요. 이 곡이 끝나면 다음 세계로 가죠.

그런 삶을 강요당하는 것이 지금 시대의 우리들이다.

쿰 역시 내가 그렇게 떠날 것이라고, 아마 처음에는 생각했으리라.

하지만 느긋한 마음으로 임하는 것도 좋지 않을까.

어차피 언젠가는 사라져야 하니까, 이 세상에서.

늘 똑같은 일상 속에서, 늘 만나는 사람들과 춤추며

나이를 먹어 간다. 천천히 서로를 알아 가고, 많은 시기를 경험한다. 모두와 함께, 그리고 하와이와도.

수많은 곳을 찾아다니고, 앞으로만 나아가고, 이게 끝나면 다음은 이거, 네, 맞아요. 그렇게 아무 미련 없이 말해 버려야지, 안 그러면 자기 인생을 실현할 수 없다고요.

그런 목소리를 싹 쓸어버리고 우리를 지금 이 시간에 머무르게 한다. 그것이 하와이의 바람, 영원하지 않을까 싶을 만큼 한없이 이어지는 해변, 한없이 밀려오는 파도.

나와는 인연이 없으니까, 아는 사람이 없으니까, 언젠가 신혼여행으로 가지 뭐, 평생 한 번 정도의 추억으로 만들고 싶으니까…… 그렇게 말하지 말고, 만약 가고 싶다면 비행기 티켓을 사서 다음 날 아침에는 그 섬에 있어 보자. 정작 해 보면 의외로 간단한 일이다. 비가 오더라도 운이 조금 없더라도 살짝 재미가 없더라도, 그 사람만의 하와이가 거기에서 시작될 것이다.

작가의 말

이 에세이집은 내가 간간이 하와이를 오가면서, 훌라를 배우고 춤추면서, 조금씩 쓴 것입니다. 다시 읽어 보니, 무언가 거대한 것에 안겨 있는 것을 느낍니다.

'하와이이'라는 거대하고 강하고 아름다운 것에.

어떤 사람이 찾아가도, 각자에게 맞는 낙원을 보여 주는, 그런 품이 넓고 깊은 그 장소를 나는 지금도 사랑하고 있습니다.

그리고 사실은 일본의 옛날도 그런 장소가 아니었나?

그런 생각을 해 봅니다.

섬나라고, 사람들의 마음씨가 좋고, 남북으로 길고, 각 지역의 날씨가 다르고, 경치와 특산품도 다르고, 수많은 얼굴이 있고, 무엇보다 멋진 신이 있어 모두를 자애롭게 안아 주는.

하와이를 사랑하듯, 자신의 나라도 다시 사랑할 수 있기를, 지금은 간절하게 바랍니다.

그럴 수 있는 풍요로운 시대에 우리는 있습니다.

이 에세이집에 등장하는 소중한 사람들 모두에게 진심으로 감사를 드립니다.

나를 울고 웃게 하고, 또 격려해 주는 친구들, 가족, 할라우의 오하나들.

거기 있어 주어서 감사합니다.

《MISS》의 현 편집장 가와타 씨, 이 글을 따스한 시선으로 지켜봐 주셔서 감사합니다. 함께 말을 탔던 쿠알로아렌치에서의 추억, 소중하게 간직하겠습니다.

촬영 여행에 함께해 준 우리 사무실의 이노 아이미

씨, 그리고 내 아들, 고맙습니다. 덕분에 이 책의 추억이 한층 행복한 것이 되었습니다.

사진을 찍어 준, 그리고 우리를 차에 태워 하와이의 멋진 여러 곳으로 신나게 데려다 준 친구 우시노 지호, 정말 고맙습니다.

지호가 찍은 사진을 보다 보면, 세계를 사랑했던 어린 시절의 자신이 떠오릅니다. 세계도 나를 사랑해 주었으니 짝사랑은 아니었지, 행복했는데. 지호는 그런 기분에 젖게 하는 사진을 찍는 아주 드문 사람입니다.

내 문장 속 깊은 곳에 딱 맞아떨어지는 사진을 찍어 준, 그 확실한 재능의 도움으로 줄곧 행복한 글쓰기였습니다.

여러분도 인생을 사랑하세요. 단 한 번밖에 없으니까요.

그리고 그것이 잊힐 만할 때, 하와이는 언제나 그곳에서 기다리고 있습니다.

비행기를 타고 날아서 만나러 가세요.

요시모토 바나나

옮긴이의 말

태평양 한가운데 둥실 떠 있는 낭만의 섬, 하와이 얘기다. 허니문의 꽃이며, 흔히 지상 낙원이라 불리는 그곳. 태고의 숨이 살아 있는 웅장하고 아름다운 자연에, 사계절이 따뜻한 기후. 넘실거리는 푸른 파도와 한없이 빛나는 태양. 첫발을 내딛는 여행객들을 사랑한다는 뜻이 담긴 '알로하'라는 인사로 반겨 주는 섬.

요시모토 바나나의 바다 사랑은 참 오래다. 그녀가 어렸을 때부터 해마다 여름이면 온 가족이 오간 스루가 만의 도이 바다에서 시작된다. 1970년대의 도이는 산에 에워싸여 있는 탓에 아직 개발되지 않아 천연의 바다가 그대로 살아 있었던 곳, 그녀는 그 바다를 이렇게 추억한다.

> 나는 그저 그들을 바라보았다. 바닷속에서 물고기들은 나보다 훨씬 빠르고 자유롭고, 깊은 바닷속 바위는 산맥 같아 우주 공간을 보는 것처럼 즐거웠다.
>
> — 에세이 「세노야」에서

이렇게 어렸을 때부터 바다에서 자유로움과 우주 공간을 느꼈던 바나나가 마치 연애를 하듯 하와이를 사랑하고, 또 틈나면 오가고, 그 섬의 바람과 햇살과 자연과 옛 이야기를 몸으로 표현하기 위해 훌라 춤까지 배운 것은 그녀 몸에 새겨진 거대한 모성애와도 같은 물의 기억 때문이 아니었을까. 그러니 하와이와의 교감을 그린 이 글들은 또한 그녀가 사랑한 가족과 지인들과의 교감이며, 소설가의 원천을 보여 주는 하나의 발자취이지 않을까 한다.

2014년 한여름 나 역시 하와이를 꿈꾸며

김난주

옮긴이 김난주

1987년 쇼와 여자대학에서 일본 근대문학 석사 학위를 취득했고, 이후 오오쓰마 여자대학과 도쿄 대학에서 일본 근대문학을 연구했다. 현재 대표적인 일본 문학 전문 번역가로 활동하며 다수의 일본 문학을 번역했다. 옮긴 책으로 요시모토 바나나의 『키친』, 『하드보일드 하드 럭』, 『하치의 마지막 연인』, 『암리타』, 『티티새』, 『불륜과 남미』, 『몸은 모든 것을 알고 있다』, 『허니문』, 『하얀 강 밤배』, 『슬픈 예감』, 『아르헨티나 할머니』, 『왕국』, 『해피 해피 스마일』, 『무지개』, 『데이지의 인생』, 『그녀에 대하여』, 『안녕 시모키타자와』, 『막다른 골목의 추억』, 『사우스포인트의 연인』, 『도토리 자매』 등과 『겐지 이야기』, 『모래의 여자』, 『가족 스케치』, 『훔치다 도망치다 타다』 등이 있다.

꿈꾸는 하와이

1판 1쇄 펴냄 2014년 8월 18일
1판 4쇄 펴냄 2022년 3월 15일

지은이 요시모토 바나나
옮긴이 김난주
발행인 박근섭, 박상준
펴낸곳 (주)민음사
출판등록 1966. 5. 19. 제16-490호
서울특별시 강남구 도산대로1길 62(신사동) 강남출판문화센터 5층 (우편번호 06027)
www.minumsa.com

978-89-374-8944-0 (03830)

* 잘못 만들어진 책은 구입처에서 교환해 드립니다.